문학과지성 시인선 520

그리하여 흘려 쓴 것들

이제니 시집

그리하여 이제니

문학과지성사

문학과지성사에서 펴낸 이제니의 시집

왜냐하면 우리는 우리를 모르고(2014)

문학과지성 시인선 520
그리하여 흘려 쓴 것들

초판 1쇄 발행 2019년 1월 1일
초판 18쇄 발행 2024년 8월 9일

지 은 이 이제니
펴 낸 이 이광호
주   간 이근혜
편   집 이민희 조은혜 박선우 김필균
펴 낸 곳 ㈜문학과지성사
등록번호 제1993-000098호
주   소 04034 서울 마포구 잔다리로7길 18(서교동 377-20)
전   화 02)338-7224
팩   스 02)323-4180(편집) 02)338-7221(영업)
전자우편 moonji@moonji.com
홈페이지 www.moonji.com

© 이제니, 2019. Printed in Seoul, Korea

ISBN 978-89-320-3495-9 03810

이 도서의 국립중앙도서관 출판예정도서목록(CIP)은 서지정보유통지원시스템 홈페이지
(http://seoji.nl.go.kr)와 국가자료공동목록시스템(http://www.nl.go.kr/kolisnet)에서
이용하실 수 있습니다. (CIP제어번호: CIP2018039830)

문학과지성 시인선 520

그리하여 흘려 쓴 것들

이제니

이제 나는
손을 하나 그리고
손을 하나 지우고

이제 나는
눈을 하나 그리고
눈을 하나 지울 수 있게 되었다.

지웠다고 하나 없는 것도 아니어서
미웠다고 하나 사랑하지 않는 것도 아니어서

이제 나는 깊은 밤 혼자 무연히 울 수 있게 되었는데
나를 울게 하는 것은 누구의 얼굴도 아니다.

오로지 달빛
다시 태어나는 빛

그것이 오래오래 거기 있었다.

발견해주기만을 기다리면서
홀로 오래오래 거기 있었다.

2019년 1월
이제니

그리하여 흘려 쓴 것들

차례

시인의 말

남겨진 것 이후에   9

흑곰을 위한 문장   10

여기에 그리고 저기에   12

나무 식별하기   13

구름에서 영원까지   14

푸른 물이다   16

소년은 자라 소년이었던 소년이 된다   18

빗나가고 빗나가는 빛나는 삶   20

흐른다   23

동굴 속 어둠이 낯선 얼굴로 다가온다   24

부드럽고 깨어나는 우리들의 순간   26

또 하나의 노래가 모래밭으로 떠난다   28

지금 우리가 언어로 말하는 여러 가지 이야기들   30

네 자신을 걸어둔 곳이 너의 집이다   34

어제와 같은 거짓말을 걷고   38

있었던 것이 있었던 곳에는 있었던 것이 있었던 것처럼 있었고   42

돌을 만지는 심정으로 당신을 만지고   44

떨어진 열매는 죽어 다시 새로운 열매로 열리고   46

안개 속을 걸어가면 밤이 우리를 이끌었고   49

나뭇가지처럼 나아가는 물결로   52

멀어지지 않으려고 고개를 들어   54

꿈과 현실의 경계로부터 물러났고   56

조그만 미소와 함께 우리는 모두 죽을 것이다   58

거울을 통해 어렴풋이   61

노래하는 양으로   64

밤에 의한 불   66

너의 꿈속에서 내가 꾸었던 꿈을 오늘 내가 다시 꾸었다   68

한 자락   73

고양이의 길   76

나무장이의 나무   78

모자와 구두   80

언젠가 가게 될 해변   82

풀을 떠나며   84

나무 공에 의지하여   86

작고 없는 것   88

수풀 머리 목소리   92

처음의 양떼구름   94

빈 들에 빈 들을 데려오면   96

꿈과 꼬리   100

하얗게 탄 숲   102

피라미드와 새   104

풀이 많은 강가에서   106

가장 나중의 목소리   108

열매의 마음   111

나무는 잠든다   112

남아 있는 밤의 사람   114

우리는 밝게 움직인다   116

새들은 어서 와요   119

발화 연습 문장—그리하여 흘려 쓴 것들 122

발화 연습 문장—마지막으로 쥐고 있던 실 129

발화 연습 문장—어떤 고요함 속에서 곡예하는 사람을 위한

　　　　　　　　　　　곡을 만드는 사람을 떠올리는 밤 132

발화 연습 문장—남방의 연습곡 136

발화 연습 문장—모두 울고 있는 것 같았다 147

발화 연습 문장—외톨이 숲을 걸어가는 이웃 새 150

발화 연습 문장—이미 찢겼지만 다시 찢겨야만 한다 152

발화 연습 문장—떠나온 장소에서 154

발화 연습 문장—석양이 지는 쪽으로 158

발화 연습 문장—몰의 말 161

발화 연습 문장—황금빛 머리로 숨어 다녔다 162

발화 연습 문장—우리 안에서 우리 없이 164

발화 연습 문장—두번째 밤이 닫히기 전에 166

해설

목소리의 탄생 · 조재룡 169

오늘 다시 태어나는 빛에게

남겨진 것 이후에

흰 집 건너 흰 집이 있어 살아가는 냄새를 희미하게 풍기고 있다. 거룩한 말은 이 종이에 어울리지 않아서 나 자신도 읽지 못하도록 흘려서 쓴다. 하늘은 어둡고. 바닥은 무겁고. 나는 다시는 오지 않는 사람을 가지게 되었고. 너는 말할 수 없는 말을 내뱉고 읽히지 않는 문장이 되었다. 낮잠에서 깨어나 문득 울음을 터뜨리는 유년의 얼굴로. 마음과 물질 사이에서 서성이는 눈빛으로. 인간 저 너머의 음역으로 움직이고 움직이면서.

돌보는 말과 돌아보는 말 사이에서
밀리는 마음과 밀어내는 마음 사이에서

사랑받은 적 없는 사람이 모르는 사이 하나하나 감정을 잃어버리듯이. 한밤의 고양이와 친해진 것은 어느 결에 사람을 저버리게 되었기 때문이다. 그냥 사람이라는 말. 그저 사랑이라는 말. 그러니 너는 마음 놓고 울어라. 그러니 너는 마음 놓고 네 자신으로 존재하여라. 두드리면 비춰 볼 수 있는 물처럼. 물은 단단한 얼굴을 가지고 있어서. 남겨진 것 이후를 비추고 있었다.

흑곰을 위한 문장

흑곰에 대해서 쓴다. 알고 있는 것에 대해선 아무것도 쓸 수 없기 때문에. 알고 있는 것에 대해 쓰기 시작하면 아무것도 알 수 없게 되기 때문에. 이를테면 흑곰의 마음 같은 것. 마음을 대신하는 눈길 같은 것. 눈썹 끝에 맺혀 떨어지는 눈물 같은 것. 머나먼 북극권으로 사라지는 한 줄기 빛 같은 것. 한 줄기 빛으로 다시 시작되는 오래전 아침 같은 것. 산더미만 한 덩치에 보드랍고 거친 털옷을 입고 있습니다.

흑곰의 울음소리: 우우우어어어워워워어어오오어—

흑곰의 노랫소리: 우우우워워워어어어우우우어어—

흑곰의 일생에 대해 생각한다. 알고 있다고 생각하면 문득 가까워지기 때문에. 알고 싶다고 생각하면 보이지 않던 속살이 보이기 때문에. 모음과 자음으로 꽉 찬 낱말처럼 무언가 가득 차 있는 것. 이를테면 용기와 믿음 같은 것. 후회와 반성 같은 것. 떨림음처럼 배 속 저 깊은 곳에서 솟구치는 울음 같은 것. 바닥에서부터 터져 나오는 한숨 같은 것. 좀처럼 울리지 않는 종이 있을 것이고. 좀처럼 열리지 않는 창이 있을 것이고.

흑곰의 발자국 소리: 쿠우웅 쿠우웅 쿠으우웅 쿠우웅——

흑곰의 춤추는 소리: 쿠우우 쿠우우웅 쿠우웅 쿠으웅——

흑곰의 겨울잠에 대해서 쓴다. 새끼를 낳는 어미를 본 적도 없이. 헤엄을 치고 나무를 오르는 여름도 없이. 열매나 견과류를 먹는 얼굴 없이도. 누군가의 마음속 검은 점처럼. 지워지지 않는 잔상을 바라보듯이. 세계의 이곳저곳에서 출몰하는. 어쩌면 내 마음속에 잠들어 있는. 꿈의 꿈속에서야 내게 흑곰이란 무엇인가 생각하면서. 흑곰의 흑점. 흑점의 흑연. 흑연의 흐느낌으로. 그리하여 마지막은 기침이다. 기침으로 기척하는 아침이다. 아침으로 다시 시작되는 검은 몸이다. 검은 몸으로 흘러가는 검은 문장이다. 검은 문장으로 다시 열리는 검은 창문이다.

여기에 그리고 저기에

　여기에 그리고 저기에 움직이는 노래가 있다. 여기에 그리고 저기에 울고 있는 손이 하나 있다. 잡을 수 없는 것을 잡으면 끊어질 수 없는 실 하나를 간직한다고 믿었다. 전생에 너는 작고 어두운 벌레였을 거야. 나는 기어가면서 빛을 냅니다. 기어가면서 나는 빛이 있습니다. 여기에 그리고 저기에. 흙바닥을 구르는 그림자가 있다. 어두움 속에서야 간신히 제 몸을 펼쳐 보는 눈길이 하나 있다. 밤하늘의 새는 날개가 아니라 영혼이구나. 밤하늘의 구름은 누구도 담을 수 없는 먹물이구나. 새 떼들은 날아가는 것으로 순간순간 새로워지고 있었다. 멀어지면서. 죽어가면서. 우리는 결국 연민을 배우러 이 세상으로 내려왔나요. 다시 하늘의 별이 되어 올라가면서. 다시 응결되는 눈물로 흘러내리면서. 사라진 뒤에야 들려오는 귓속말이 있었다. 몰라도 좋았을 표정이 쏟아지고 있었다. 여기에 그리고 저기에. 빛에 젖어 말라 죽어가는 나무가 있었다. 죽은 가지는 너무 늦은 인사를 너무 이르게 건네고 있었다. 여기에 그리고 저기에. 가로로 세로로 천천히 드러나는 점선이 있다. 점선과 점선들로 분명해지는 어제의 여백이 있다. 여기에 그리고 저기에. 하나둘 맺히는 얼굴이 있다. 만지고 만져서 작아진 돌이 하나 있다.

나무 식별하기

　그 나무의 이름을 들었을 때 나무는 잘 보이지 않았다. 나는 일평생 제 뿌리를 보지 못하는 나무의 마음에 대해 생각했다. 그 눈과 그 귀와 그 입에 대해서. 알 수 없는 것들에 대해 생각하는 동안에도 나무는 자라고 있었다. 나무의 이름은 잘 모르지만 밤에 관해서라면 할 말이 있다. 나는 밤의 나무 아래 앉아 있었다. 너도 밤의 나무 아래 앉아 있었다. 밤과 나무는 같은 가지 위에 앉아 있었다. 그늘과 그늘 사이로 밤이 스며들고 있었다. 너는 너와 내가 나아갈 길이 다르다고 말했다. 잎과 잎이 다르듯이. 줄기와 줄기가 다르듯이. 보이지 않는 너와 보이지 않는 내가 마주 보고 있었다. 무언가가 바닥으로 떨어지는 소리가 들렸다. 꿈에서 본 작은 나뭇잎이었다. 내가 나로 사라진다면 나는 바스락거리는 작은 나뭇잎이라고 생각했다. 참나무와 호두나무 사이에서. 전나무와 가문비나무 사이에서. 가지는 점점 휘어지고 있었다. 나무는 점점 내려앉고 있었다. 밤은 어두워 뿌리조차 보이지 않았다. 침묵과 침묵 사이에서. 어스름과 어스름 사이에서. 너도밤나무의 이름은 참 쓸쓸하다고 생각했다.

구름에서 영원까지

　　고양이는 구름을 훔쳤다. 슬픔이 그들을 가깝게 했다. 내가 바꿀 수 있는 것은 너의 이름뿐이다. 한때의 기억이 구름으로 흘러갔다. 흔들리는 노래 속에서 말없이 걸었다. 침묵은 발소리로 다가왔다. 돌의 심장에 귀를 기울였다. 말은 들려오지 않았다. 말은 돌아오지 않았다. 시간의 저편에서 날아오는 것. 시간의 저편으로 달아나는 것. 멀리서 오는 것은 슬픔이다. 어둠은 빛을 발하며 어제의 귓속말을 데려왔다. 죄를 짓지 않기 위해 입을 다물었다. 바람 속으로 걸어 들어가면 영원에 가까워진다고 믿었다. 한때의 구름이 기억으로 흩어졌다. 주머니 속에 들어 있는 것은 언젠가 네가 주었던 검은 조약돌. 바다는 오늘도 자리에 없었다. 물결이 너를 데려갔다. 어둠이 너를 몰고 갔다. 휘파람을 불면 바람을 붙잡을 수 있을 거라고 믿었다. 너의 이름은 나와 돌 사이에 있었다. 나의 이름은 너와 물 사이에 있었다. 구름은 물과 돌 사이에 있었다. 돌의 마음은 주머니 속에 들어 있었다. 주머니 속에서 너의 목소리가 흘러나왔다. 물결은 왔다가 갔다. 울음은 갔다가 왔다. 고양이는 노래를 훔쳤다. 바람은 붙잡히지 않았다. 멀리서 오는 것은 슬픔이다. 희망이 그들을 멀어지게 했다. 내가 바꿀 수 있는 것은 나의 이름뿐이다. 나의 이름 위에 너의 이름을 적어 넣었다. 너의 이름 위에 돌의 마음을 올려두었다. 발소리는 침묵 뒤에 다가왔다. 빛은 어둠을 물들이며 언덕으로 달려갔다. 주머니 속에 들어 있는 것은 언젠가 내게 주었던 검은 조약돌. 나는 나의 이름을 문질러 지웠다. 너는 너의 이름을 감추어 묻었다. 우리의 이름 위로 우리의 그림자가 흘러갔다. 구름이 나를 나무랐다. 나무가 바람을 두드렸다. 물결이 너를 데려갔다. 물결 뒤에는 조약돌만 남았다. 멀리서 오는 것은 슬픔이다. 영원을 보았다고 믿었다.

푸른 물이다

풀이 나고 자라는 푸른 들판 속에 어리고 붉은 벌레가 숨어 있다. 개암나무 가지의 검은 구멍 속으로 끊이지 않는 노래를 들이부었다. 말할 수 없는 말로 부를 수 없는 노래를 만들어 불렀다. 지평선은 거울의 저쪽에 있었다. 태양의 반사경을 머리 위에 두었다. 뜨거움이 심장까지 곧장 내려왔다. 울음이 오면 꽃잎도 따라 왔다. 모래와도 같은 기억이 흩어졌다. 푸른 들판 너머에는 푸른 물이 있었다. 푸른 물이 있다고 쓰면 푸른 물이 눈앞에 펼쳐질 것처럼. 푸른 물 아래에는 보이지 않는 구름이 있었다. 간신히 말할 수밖에 없는 한 숨결이 있었다. 교회 종탑 너머로 한 줄기 빛이 날아와 아프게 나를 찔렀다. 눈은 부시고 빛은 어둠이고 나는 잠깐 죽었다. 다시 살아나면 그 곁에 푸른 들판이 있었다. 푸른 들판 너머로 다시 푸른 물이 다가왔다. 집으로 돌아오면 얼굴을 씻었다. 거울의 저쪽은 거울의 이쪽과는 무관하게 빛나고 있었다. 거울의 이쪽은 거울의 저쪽과는 무관하게 열리고 있었다. 문이 열리면 안과 밖이 생겨나고. 안과 밖과는 무관하게 자꾸만 열리는 것은 푸른 물이다 푸른 물이다. 어제의 얼굴을 보고 있었다. 어제의 목소리를 듣고 있었다. 의지와 무관하게 의자에 앉아 있었다. 떠난 사람 곁으로 떠나려는 물결이 있었다. 푸른 물을 바라보며 자꾸만 푸른 물이다 푸른 물이다. 너무 울어 남아 있지 않은 눈물로 푸른 물이다 푸른 물이다. 풀어질 수 없는 마음이 있었다. 잊지 못하는 빛이 있었다. 기다려도 오지 않으니까. 기다려도 오지 않는다는 것을 아니까. 푸른 물이다 푸른 물이다. 될 수 있으면 천천히 오래오래 기다리기로 하고. 푸른 물이다 푸른 물이다. 잠들기 직전에는 죽은 사람이 쓴 책을 읽었다. 대화는 보이지 않고 들리지 않는 목소리로 내내 이어졌다. 푸른 물 아래에는 여전히 가슴을 두드리는 구름이 있었다. 춥고 무겁게 나는 무릎을 꿇었다.

소년은 자라 소년이었던 소년이 된다

소년이라고 부르면 소년이 보인다. 어떤 소년에서 한 소년으로 움직인다. 세상 끝으로 떠도는. 아버지를 갖지 못한. 꽃도 피어나는. 불도 피워내는. 자신의 숨은 광기를 걱정하는. 웃어야 할 때 웃을 줄 모르고 울어야 할 때 울지 못했던. 시들어버린 얼굴 위로 석양이 지고 있었다. 순간에서 영원으로 사라지고 있었다. 물러날 수 없는 순간이라는 것을 알면서도 한발 물러나고 있었다. 비유를 잃어버린 이유에 대해서 생각했다. 마음이란 어디에 있는 것인지 알 수 없었다. 다른 어딘가를 바란 적이 없는데도 언제나 여기가 아닌 다른 곳에 와 있었다. 도처에 도사린 어제의 구름. 물보다 묽은 오늘의 묵음. 들판에 홀로 서 있는 기분으로. 아무것도 필요하지 않다고 말하면서 무언가 가득 채워지기를 바라는 두 손으로. 내가 살았던 곳에는 내가 없었다. 내가 사랑했던 것에는 네가 없었다. 소년은 소년에게서 벗어나고 싶다라고 쓴다. 벗어나길 바라는 순간 벗어나고 싶은 울타리도 하나 생긴다라고 쓴다. 울타리 밖에서부터 기억이 돌아오고 있었다. 무감함으로 무장한 날들이 흘러들고 있었다. 이제부터는 착란의 찬란의 소리 없는 소용돌이 속이다. 톱니와 톱니가 맞

물려 돌아가는 소리. 세계가 쉬지 않고 달려가는 그림자. 죽거나 늙거나 마지막은 마찬가지라면. 잊거나 믿거나 닿을 수 없는 것은 마찬가지라면. 천상의 음악이 흘러도 좋을 것이다. 천사가 날개를 펼쳐도 좋을 것이다. 단단한 벽 너머로 막이 열려도 좋을 것이다. 손과 발로 박자를 맞추며 제대로 웃고 울 수도 있을 것이다. 어깨 위로 가만히 내려앉는 다정한 손도 있을 것이다. 어둠 없이 잠드는 밤도 있을 것이다. 서러움 없이 말하는 입도 있을 것이다. 소년은 중심으로 중심으로 가고 있었다. 중심은 더 더 깊어가고 있었다. 기어이 미래로 돌아갈 겁니다. 기어이 그곳에 도착할 겁니다. 대화는 쳇바퀴처럼 맴돈다. 꽃은 꿈으로 피었다 진다. 꿈은 망각으로 소멸되며 완성된다. 깊어지다 어두워지는 것은 말할 수 없는 것. 말할 수 없이 어두워지는 것은 깊어지는 것. 소년은 자라 소년이었던 소년이 된다. 소년이었던 소년의 오래된 미래가 된다. 어떤 소년에서 한 소년으로 돌아간다.

빗나가고 빗나가는 빛나는 삶

너는 얼음도 구름도 바람도 물도 없는 곳에 도착한다. 너는 작은 침대에 누워 천장을 바라본다. 세계는 천장 한 귀퉁이로 모여드는 세 개의 직선과 다름없었다. 너는 하나의 꼭짓점에 모인 세 개의 직선을 늘일 수 있는 데까지 늘인다. 직선은 점점 곡선으로 휘어진다. 휘어진 곡선이 너를 향해 모여든다. 무수한 사람이 네 속에서 들끓고 있다. 무수한 목소리가 네 목소리 위로 내려앉는다. 무수한 길이 너를 지나간다.

기차는 얼음의 나라로 간다고 했다.
하얀 눈 위의 하얀 나무 속을 건너간다고 했다.

너는 기차에 실려 간다. 너는 마비된 채로 나아간다. 너는 시간에 굴복한다. 너는 중력에 결박된다. 너는 움직이지 못하는 채로 움직이고 있다. 밤과 낮으로. 머리와 영혼으로. 움직인다는 것은 몸 밖의 일인가 몸 안의 일인가. 몸의 안과 밖이 함께 움직이며 너를 데려간다. 너를 데려가는 곳은 언젠가의 너 자신이다. 잊어버리고 잃어버렸던 매 순간의 너 자신이다. 너는 작아지면서 어려진다. 너는 건너가면서 여려진다.

열리고 열리는 여리고 어린 삶.

한 발 걸어가면 한 발 멀어지는 들판이라고 했다. 기차
는 하얀 눈 위의 하얀 나무 속을 건너가고 있다고 했다.
기차는 달리고 너는 얼음처럼 누워 있다. 열린 차창 너머
로 눈이 내린다. 물의 자리로 얼음이 온다. 얼음의 자리로
구름이 온다. 구름 이전에는 물이 있었다. 물 이전에는 네
가 있었다. 약간의 간격을 두고. 순차적인 동시에 일순간
에. 사물이 자신의 자리로 도착하고 있었다. 너를 뒤쫓듯
사물들이 도착하고 있었다.

미끄러지고 미끄러지는 믿기지 않는 삶.

한 발 멀어지면 한 발 나아가는 들판이라고 했다. 너는
사물의 자리에 사물처럼 놓인다. 너는 너 자신의 고통에
순응한다. 너는 네가 알고 있던 사물들의 윤곽 없는 윤곽
에 압도당한다. 흰 도화지에 그릴 수 있는 것은 희디흰
눈뿐이라는 듯이. 검은 사각형을 지나는 것은 검은 사각
형뿐이라는 듯이. 기차는 이전의 나라로 간다고 했다. 하

얀 눈 이전의 하얀 나무 이전의 들판 이전의 너에게로 가고 있다고 했다. 열린 차창 너머로 눈이 내린다. 물의 자리로 얼음이 내린다. 무수한 나무가 무수한 빛이 되어 줄지어 달아나고 있다. 너는 달아나는 속도로 빛나는 것들을 본다. 달려가는 속도로 물결치는 것들을 본다. 빛은 입자인 동시에 파동으로 흐르고 있었다.

빗나가고 빗나가는 빛나는 삶.

천장도 바닥도 없는 곳이었다. 너는 얼음의 숲에 도착한다. 뒤늦을 수밖에 없는 자리에 뒤늦은 이름으로 도착한다. 얼음의 나무 곁으로 얼음의 바람이 온다. 웃으며 춤추는 얼굴이 온다. 울면서 노래하는 목소리도 온다. 사물들은 꿈에 저항하고 기억을 배반하고 서로의 자리를 바꾸고 있었다. 폐허의 자리에서 울리는 서로의 소리를 덧입고 있었다. 기차는 얼음의 나라로 간다고 했다. 하얀 눈위의 하얀 나무 속을 건너간다고 했다.

뜻 없이 마음 없이 흐르듯 흐르듯 건너간다고 했다.

흐른다

    하늘은 먹구름이다. 나무는 그림자다. 공은 허공에 떠 있다. 너는 의자에 앉아 있다. 바닥에 닿기 직전이다. 나무가 되기 직전이다. 오른쪽에서 왼쪽으로. 고백이 흐른다. 위에서 아래로. 꽃잎이 떨어진다. 이제 무엇이 오면 좋을까요. 물이 오면 좋겠어요. 말이 오면 좋겠어요. 말라가고 있었거든요. 물러나고 있었거든요. 분수대 뒤에서 홀로 울고 있는 것은 낯모르는 아이. 여름으로 향하는 것은 그칠 줄 모르는 잎사귀와 열매들. 너는 떨어진 꽃을 주워 꽃잎 점을 친다. 하나 둘. 하나 둘. 바닥에는 분필로 그린 사람이 있다. 누워 있는 사람 곁으로 공이 떨어진다. 떨어진 공 곁으로 꽃잎이 떨어진다. 흐르는 공 곁으로 꽃잎이 흐른다. 이제 무엇이 있으면 좋을까요. 연필이 있으면 좋겠어요. 지우개가 있으면 좋겠어요. 제대로 처음처럼 쓰고 싶어졌거든요. 마지막을 마지막으로 지우고 싶어졌거든요. 영원히 나아가는 먹구름이다. 푸른색이 열리는 하늘이다. 이제 무엇을 하면 좋을까요. 건너가면 좋겠어요. 넘어가면 좋겠어요. 울고 싶어졌거든요. 살고 싶어졌거든요. 그림자가 지워지는 바닥이다. 흐르는 공 너머로 다시 깊어지는 여름이다. 공은 허공을 떠나고 있다. 꽃은 그림자로 맺힌다. 너는 의자에서 일어선다.

동굴 속 어둠이 낯선 얼굴로 다가온다

무언가 모르는 것이 있다. 말을 건넸기 때문입니다. 잊어버린 얼굴이 있습니다. 기어이 검은색이 됩니다. 고유성을 과시하는 대신 떠나보내기로 합니다. 목소리만 들어도 마르지 않는 틈 같은 날들입니다. 달라질 수 있을까요. 혼잣말은 다시 시작됩니다. 잃어버린 무게의 뛰지 않는 심장 소리를 들었다. 이전과 이후로 되살아나는 말이 있다. 세상이 고요하게 만나보았습니다. 중간에 끊어지는 거리로 나선다. 엄마와 구름은 흔들리지 않는다. 듣고 싶습니다. 더 많이 불러들이고 싶습니다. 더 많이 흔들리고 싶습니다. 십자가 높은 곳에서 흰빛이 흐른다. 누군가 낮은 곳에서 돌멩이처럼 엎드려 있다. 모든 것들이 두드러지고 있는 감탄사로 흐른다. 멀리 나아갑니다. 아직 시간이 남아 있다고 믿고 싶다. 귀를 기울여 듣지 않으면 알 수 없는 소리들이 있습니다. 불면의 밤에 이끌리지 않는다. 겹겹이 다른 빛이 흐른다. 어둠을 진행한다는 것은 나락의 깊이를 허용한다는 것이다. 함께 가려고 움직이는 노래가 있다. 목소리를 듣고 잃어버리고 있는 것은 아닙니까. 소리를 낮추고 시간을 늦추고 있다. 나선을 만들어가는 시간입니다. 물도 없이 길을 묻지 않는다. 동화되고 내뱉지 못한 소리를 짓는다. 풀잎은 약속으로부터 멀리 있습니다. 한 마디 한 마디 흩어지는 바람이다. 숨겨두었던 감정 앞에서 두려움을 느낀다. 그것을 어디에 두어야 할지 알 수 없습니다. 눈을 뜨면 살고 싶다는 말을 들었습니다. 간절함은 작은 소리 속에서도 가득했다. 모르는 것이 없는지 묻고 싶어서 다가갔습니다. 형식과 내용을 넘어선 종이를 넘긴다. 도약하는 물결을 데려온다. 우리의 발자국 하나하나가 그림자를 만들고 있다. 동굴 속 어둠이 낯선 얼굴로 다가온다.

부드럽고 깨어나는 우리들의 순간

부드럽고 깨어나는 우리들의 순간. 어떻게 하면 살 수 있을까요. 더 많은 곳으로 가보고 싶습니다. 세상은 휴지기 없는 희곡 같다. 누구일까. 사라지는 사이에 당신은 지나갑니다. 과도기의 순간이 넘쳐흐른다. 오래전에 죽었던 광활함 속에서. 꺼내 웁니다. 당신은 당신을 저버리고 있는 것이다. 떠나온 곳에서부터 삶은 다시 시작된다. 다시 모였기 때문에 다시 흐릅니다. 우리에게는 믿음이 가장 중요한 덕목이다. 유아기의 불멸 지수가 결합된다. 지속되는 이상한 일들이 들판을 가로질러 덧붙어 있다. 땅에서는 가늘고 긴 다리가 흩어진 손을 흔든다. 이곳과 저곳에서 조각난 순간들. 그곳에서 우리는 뒤집혀 있었다. 눈과 눈에 대해서도 밤낮 없는 대화에 지나지 않는다. 모든 것들은 묘지를 가진다. 묘지 없는 묘지조차도 일정한 영역을 지닌다. 보이지 않는 것들을 본다고 합니다. 들리지 않는 것들을 듣는다고 합니다. 새들의 예상 비행 곡선을 그려본다. 습도가 높아지면 사물이 지나간 흔적을 되새김질한다. 폭풍이 부는 쪽으로 모르는 사람도 지나갑니다. 아직까지는 알려진 바가 없습니다. 무슨 뜻으로 그런 말씀을 하시는 겁니까. 우기가 끝나면 사소한 아름다움이 완성된다. 물의 길을 통해 그림자를 드리운다. 몸을 숨기는 아주 작은 사람을 발견한다. 울리는 목소리는 미래로 향한다. 거리를 두고 걸음을 멈추었습니다. 주위를 둘러보고 어디에 있는지 알지 못한다. 믿을 수 있는 것이 좋은 것입니까. 문을 열어 서로 마주 보며 서 있습니다. 먹구름에 둘러싸인 장막과도 같이 어두워지기 시작한다. 그것은 울음 같기도 하고 물음 같기도 하다. 마음과 마음으로 알려주기만 하면 됩니다. 서로 뒤엉킨 우리의 발목에서는 구름과 숨소리가 실재를 드러내고 있다.

또 하나의 노래가 모래밭으로 떠난다

또 하나의 노래가 모래밭으로 떠난다. 모든 것들은 어제의 세계를 바라본다. 모르는 사람도 기억의 문양을 가진다. 색이 바뀌었다가 돌아오는 빛이 있다. 불필요한 말을 건네고 불안을 품는다. 당신은 과거에 지나지 않는 얼굴이다. 기적 위에서 간신히 기억되는 꽃이다. 감추어져 있는 것들이 움직이고 있다. 의존할 수밖에 없는 상황에 놓여 있다. 한순간도 머무르지 않고 나아간다. 어제와 오늘은 없는 것들로 가득하다. 점선과 점선으로 그림은 완성된다. 깊숙이 파고들어 갈 문장이 필요하다. 회전하는 삼각형이 그것이다. 그 외의 도형들은 찾고 있는 중이다. 흰색과 검은색으로 대비의 효과를 거둘 수 있다. 먼저 떠나간 말들이 떠오른다. 바람과 우연에 몸을 맡긴다. 자리 잡은 모든 것이 잃어버린 자리를 대변하고 있다. 마주 선 사람은 오래 묵은 감정을 숨기고 있다. 모래 그림은 안개의 기법을 쓰고 있다. 죽은 사람은 끝없이 끝없이 목소리를 이어간다. 녹아내리는 태양 아래 자취를 감추고 있다. 확인이 가능한 청각적인 감각을 확대한다. 고유한 미적 요소를 드러내는 입장 속으로 입장한다. 거짓말과 어울리는 두 개의 목소리가 다가온다. 손바닥을 펼쳐 보이며 닿지 않는 그림자 쪽으로 나아간다. 믿기 때문에 계속할 수 있는 것이다. 창백한 손은 주름을 더해간다. 관계를 드러낼 모든 사건들에 개입한다. 사람과 사람 사이에 머물지 못하는 몸짓과 잔존하는 빛이 뒤섞여 있다. 거짓말을 통해 가로질러 가면 어제의 노래가 내일의 흔적을 보여준다. 또 하나의 노래가 모래밭으로 떠난다.

지금 우리가 언어로 말하는 여러 가지 이 야기들

지금 우리가 언어로 말하는 여러 가지 이야기들. 새롭게 태어납니다. 이제 다시 시작이다. 기대하지 않았던 빛을 통해 낯선 것의 모습을 드러내고 있다. 과거의 이야기들이 미래에도 보이는 세상입니다. 익숙한 것들이 놓여 있는 방이 나옵니다. 지금 이곳을 살아가는 사람들. 자신보다 더 큰 것을 남겼던 사람들에 대해 알고 있다. 시간은 오래 지속된다. 바라보고 있는 사람은 들어간 곳에서 나온 사람이다. 들어갔는가를 알기 위해 다시 나갈 필요는 없다. 우리는 어떻게 우리에게 되돌아올 수 있는가. 많은 것들에 뒤덮여 살아왔다. 당신의 얼굴을 하고 있는 수많은 기억 때문인지도 모르겠습니다. 그곳은 두 개의 방이 있는 구조이다. 공간과 공간 사이의 빛 속에서 흩날리는 먼지 같은 것들에 대해 쓰고 있다. 눈을 감은 채로 회랑과 복도를 더듬고 있다. 찾아보아도 보이지 않는 것들이 있다. 미래의 방은 어둑한 불빛 아래에서 당신을 드러내 보여줍니다. 이후의 구조를 다룰 준비가 되어 있다. 그것은 무척 어지러운 그림자의 그물이다. 흘러가는 비행운을 통해 구름의 과거를 본다. 하얀 눈 위에 검은 잉크를 떨어뜨리며 누군가의 미래를 점칠 수도 있다. 옛날은 어디에 있는 것인가. 옛날로 거슬러 가는 것은 불가능한 일인가. 우리가 생각하는 지속적인 무대가 있다. 그것에 대한 정확한 위치는 알 수 없습니다. 남아 있는 것은 어두운 생각뿐이다. 무엇인가를 밝혀내기 위해 이 문장들을 쓰고 있다. 그러나 분명 태양은 흑점을 품고 있다. 꾸며낸 이야기가 가본 적 없는 거리의 풍경을 불러들인다. 한곳으로 모이기 위해서라도 우리의 항해는 계속될 것이다. 구름에서 태양을 향한 항해는 지속될 것이다. 이 모든 목소리를 듣는 입장이라면 너는 이미 이 세계에 존재하지 않는 사람이다. 왜냐하면 지금까지의 문장은 예측 불가능한 것이기 때문이다. 과거를 가지고 있으며 미래 또한 가지고 있었다. 구석진 사각의 방을 통해 우리는 단순한 소음을 듣기도 했다. 새로운 세계를 위해서는 꾸미지 않는 목소리가 필요하다. 오래된 목소리를 상기시키기 위해서는 새로운 배열이 필요하다. 그는 덧붙이는 세계를 가지고 있다. 낱말 연습을 하고 난 뒤에는 기억의 기록을 요구하지 않는다. 아무것도 없으니까 막힌 부분을 골라냅니다. 나날이 새로워질 사건과 물건들을 가지런히 늘어놓습니다. 새로운 세기에 살고 있는 새로운 이야기를 바탕으로 너를 한 문장 이전으로 옮겨둔다. 정확히 나를 전달하려고 노력하는 과정 속에 있기 때문이다. 냉담한 목소리가 흘러들어도 너는 계속될 것이기 때문이다. 지구는 구형이고 너는 지금 이 순간에도 살아 있기 때문이다. 낱말 상자에서 낱말 종이를 꺼낸다. 일정한 간격을 유지하고 청색 갈색 문장을 수집한다. 연극은 행복한 결말로 끝을 맺는다. 이제 우리는 주변에서도 그것을 볼 수 있다. 아무도 모르는 사건들 속에서도. 대팻밥과 나무 먼지 사이에서도. 어울리지 않는 낱말과 문장 사이에서도. 소수의 의견으로 선택된 산책로와 선언문 사이에서도. 이제 드디어 준비가 끝난 것이다. 모두 모여들 수 있도록 나아갈 때 흰색으로 다시 태어납니다. 끝날 때까지 음지의 양치식물을 기르기로 한다. 그것을 제대로 보고 싶지만 다시 살고 있는 것과 마찬가지입니다. 역할 바꾸기 놀이를 합니다. 함축을 위한 문장을 버렸을 때 다시 들려옵니다. 그것은 미래의 방이라고 합니다. 그것은 과거의 그림자라고 합니다. 당신은 이 세계에 대해 당신의 문장으로 무엇을 왜곡시켰습니까. 너는 순간의 풍경을 순간의 그림으로 남겼다. 순간의 그림은 그림자 저편에서 흐르

고 있다. 네가 느꼈던 순간의 느낌을 네가 느꼈던 순간의
느낌 그대로 받아들일 수 있기를 바란다. 지금 우리가 언
어로 말하는 여러 가지 이야기들. 새롭게 태어납니다. 이
제 다시 시작이다. 기대하지 않았던 빛을 통해 낯선 것의
모습을 드러내고 있다.

네 자신을 걸어둔 곳이 너의 집이다

네 자신을 걸어둔 곳이 너의 집이다. 이쪽에서 저쪽으로 움직여 가는 것은 무엇인가. 변화를 통해 한 단계 높여드립니다. 하나의 단어로 충분히 드러낼 수 있는 어둠이다. 이의를 제기하지 않아도 될 것 같습니다. 주문을 외우면서 손목을 드러낸다. 이미 당신이 갖고 있는 것으로도 충분합니다. 의미는 동일하다. 보편적으로 보여주는 방식이기 때문입니다. 관자놀이에 손을 대고 보폭을 넓혀서 영역을 확보해 나간다. 서 있는 자세 자체가 존재의 목적이 될 수도 있다. 우리들은 아직까지 살아 있습니다. 습관적으로 반추하는 오래된 기억이 있다. 그것은 함께 만들어가는 꿈입니다. 순간순간 움직임을 찾아내어 순간순간 지켜본다. 언젠가 지나간 길은 시간이 지나도 찾아갈 수 있다. 문밖에서 대화를 엿듣지 않겠다고 약속했습니다. 서로 다른 주어와 술어를 서로 같은 주어와 술어처럼 반복하는 순환 구조의 문장을 밝혀낸다. 두 겹으로 흐르는 호흡을 부여한다. 몇 개의 감정이 동시에 흐르고 있다. 당신의 집은 텅 빈 극장과 숲과 강 사이에 놓여 있다. 기도를 하듯이 달려간다. 달려 나가듯이 걸어간다. 텅 빈 벽에 외투를 걸어둔다. 외투 속에는 녹슨 못이 하나 있다.

일시적으로 숨겨진 것을 지속적으로 찾아내는 것이 우리의 할 일이라고 생각합니다. 당신의 목소리는 가늘고 길고 좁고 맑았다. 사실은 전혀 그렇지 않습니다. 주관적인 판단에 따라 기다리는 일에 조급해하지 않기로 한다. 사라져간 것들에게 익숙해지기까지는 신중하게 배열되고 조합된 감정이 필요합니다. 당신이 취하고 있는 세계로 들어가봅시다. 당신이 숨 쉬고 있는 방식을 들여다봅시다. 쉽게 들을 수 없는 또 다른 목소리가 있다. 텅 빈 수식어로 변모해가는 감정이 있다. 원하는 것은 그저 원한다는 생각만으로는 이룰 수 없습니다. 언어로 꿈꾸는 자가 언어로 취할 수 있는 최소한의 태도를 건네준다. 상징적으로 드러나는 말의 이면에는 반성과 회의의 자세가 숨겨져 있다. 무방비 상태로 사라지고 있는 장면이 점진적으로 전진한다. 당신은 당신이 놓여 있는 장소가 사라지고 있다는 사실을 당신이 바라보고 있던 장면이 끝날 때쯤에야 알아차린다. 주위를 둘러보면 자신의 자리를 되찾으려는 목소리들이 있다. 사라졌지만 여전히 상반된 모순 신호를 보내오는 윤곽이 있다. 당신의 언어가 당신이 가지고 있는 최상의 수단으로 받아들여지고 있는지 묻고 있다. 내일이 오리라는 최소한의 믿음을 지닌 채로 짧은 잠을 청하는 사람들에게 가능성의 장소를 제공하고 싶다. 대비가 뚜렷한 금붕어의 빛깔만큼이나 환히 펼쳐지는 모종의 확신이 필요하기 때문이다. 어떻게 이곳까지 오게 되었습니까. 낯선 곳에서 처음부터 연습을 하고 왔습니다. 손등을 보이며 입을 가리고 있다. 다양한 종으로 분류되는 식물이 있다. 주변을 맴도는 불확실한 움직임이 있다. 어제의 아이들은 온전하고 온당한 장면을 더욱더 많이 목격할 수도 있었다. 무거운 것이 위에 놓여야 합니다. 손을 자주 씻어야 합니다. 순서대로 공평하게 분배하면 마지막에는 나눌 것이 남아 있지 않을 수도 있습니다. 이 세계에는 어떠한 확고한 원칙도 없기 때문이다. 은밀한 명령어가 뒤섞여 있는 세계 속으로 당신은 쉽게 섞여들지 못한다. 약속 장소는 텅 비어 있었습니다. 아무도 사 가지 않는 기념품처럼 홀로 놓여 있었습니다. 처음으로 다시 돌아가고 싶지는 않습니다. 외부에서 내부로 걸어 들어가는 과정을 통해 내부에서 외부로 옮겨 갈 수 있는 개인의 고유한 특성을 발견한다. 서로가 서로에게 영향을 끼치고 있다는 사실을 알아야만 합니다. 당신은 당신의 두 발을 가지런히 모은 채로 바닥에 내려놓는다. 당신은 당신의 그림자가 당신 자신의 보호막으로 작용하고 있다는 사실을 인지하고 있다. 기억은 어떻게 완결되어가는가. 울지 않고 웃을 수 있습니다. 이제는 눈물 없이 거짓 없이 집으로 돌아갈 수 있습니다. 많은 변화에도 불구하고 아직까지 문제는 남아 있다. 채색하고 탈색하려는 의지를 드러내고 있다. 기꺼이 받아들이려는 의지만으로는 부족하다. 일정하지 않은 간격으로 구름이 흘러가는 창문이 있다. 이야기의 전모는 당신 자신만이 알 수 있습니다. 사라져가는 구름 속으로 어제의 그림자를 흘려보낸다. 손이 닿는 익숙한 높이에는 모종의 안락함이 있다. 끝없이 열리는 장소에는 끝없이 열리는 위안이 있다. 담겨 있는 것은 담겨 있지 않은 것으로 존재한다. 네 자신을 걸어둔 곳이 너의 집이다.

어제와 같은 거짓말을 걸고

어제와 같은 거짓말을 걸고 있다. 지속되는 걸음을 막을 수는 없다. 나선으로 움직이며 빛을 발하는 천체. 그림자 속에 가려진 삶이 있다. 얼룩진 바닥은 청소하기가 쉽지 않습니다. 우주 어느 한편에 뜻을 드러내기 위해 응답을 하고 있다. 완전히 끊어졌는지도 모를 관계에서 들려오는 희미한 목소리에 귀를 기울인다. 드러내기와 감추기의 연속이다. 그럼에도 불구하고 가로로 긴 형태의 줄글로 되돌아오는 거짓말이 있다. 거짓말 속에서 묘사되는 장면은 논리적인 설명을 비껴간다. 눈길을 끌었던 구절을 종이에 옮겨 적는다. 어두운 색상을 이용해 쉽게 숨길 수 있는 정도의 문장이 적당하다. 어제의 입말은 오늘 다시 불가능한 인사가 되고 있다. 거절을 할 기회를 찾고 있지만 쉽지가 않습니다. 말이 끝나기도 전에 모양을 바꾸는 자음과 모음이 있다. 시선을 정면에 두고 사물을 응시하기 시작한다. 숨을 천천히 들이마신다는 것은 하나의 호흡을 느리고 길게 바라본다는 것이다. 현재의 모습을 지켜보면서 무언가 중요한 것을 옮기는 역할을 수행하고 있다. 우리는 그의 과거를 알아낼 수도 있습니다. 우리는 음악의 또 다른 질감을 감각할 수도 있습니다. 호의

적인 대답을 하는 것으로 지금의 자리를 지키고 있다. 보여주고 있는 영역에 이르기까지 남다른 요구에 부응하는 행동 양식을 드러냅니다. 낯설고 이상하게 받아서 전달하는 임무를 부여받았다. 여름이면 텅 빈 극장에서 숲과 강이 보이는 집까지 달려갔다. 자신이 자신인 것처럼 꾸미면서 쫓겨 다니기도 하면서 바닥으로 전락했다고 생각했다. 틈을 비집고 나아가는 빛이 있다. 의자에 앉아 있는 일상적인 자세가 당신이라는 사람을 대변한다. 헛되고 공허한 웃음을 지으면서 어제로부터 멀어진다. 걷고 걷고 걷는 길이다. 걷고 걷고 걸으면서 멀어지는 길이다. 새로운 형태의 인간들로 변하고 있습니다. 어려움을 완화시킬 수 있는 태도를 취하지는 않는다. 고양이 한 마리가 지나간다. 당신을 앞질러 지나간다. 잘 알고 있다는 믿음 때문에 몸을 숨길 수 있는지도 모릅니다. 슬픔 없이 구축할 수 있는 표정을 지어 보인다. 몰려가고 몰려나기 전에 맞서는 것이 있다. 감각을 유연하고 조화롭게 만들기 위해서 신체 기관을 일깨운다. 벽에 몸을 기대고 맨손으로 의자를 짚은 채로 바닥을 내려다본다. 안으로 닫혀 있지 않은 머릿속에는 스스로의 의지와는 무관한 인격을 드러내려는 그림자가 있다. 벽 쪽으로 기대어 있는 죽음을 환기시키는 움직임이 있다. 정지된 채로 정지되지 않는 움직이지 않는 움직임이 있다. 색깔을 잃어버리는 바람에 오늘의 말을 해도 어제의 말에 지나지 않게 되었다. 손바닥에서 나오는 빛이 탁자를 붉은색으로 물들이고 있다. 학습한 낱말 종이들을 탁자 위에 늘어놓는다. 어제의 세계를 다시 해석해내는 오늘의 조언이 적혀 있다. 사물의 움직임을 감지해 안쪽에 고여 있는 물결을 보여준다. 헌신적으로 식물을 돌보는 액체의 계절이다. 보았지만 믿을 수 없는 곡선을 바라본다. 잃어버린 강아지를 찾습니다. 네모난 상자는 네모난 상자 이상의 부피와 질량을 담보한다. 잃어버린 것은 잃어버린 후에야 떠올리게 되는 기이한 구조를 가지고 있다. 익숙한 신호를 보낼 때 관행적으로 따라오는 색깔이 있다. 빛과 소리의 다양한 질감을 전달하기 위해 당신과 당신은 마주 보고 있다. 어쩔 수 없이 차선의 선택을 하면서 살아가기도 합니다. 마음을 잃지 않는다는 것. 물을 부어주면서 말을 건넨다는 것. 바닥을 바닥으로 딛고 있다는 것. 어디에서 무엇을 하고 있습니까. 세상을 떠난 사람들이 여기저기에서 서성이고 있다. 상황은 지속됩니다. 종일 문을 연다는 것은 끊임없이 쏟아지는 내면의 목소리를 듣는다는 것이다. 눈에 보이지 않는다는 점에서 생각 지수는 행동 지수에 반비례한다. 어제의 발걸음 위로 또 다른 발걸음이 겹쳐 흐른다. 어두워지면서 되살아나는 얼굴을 만들어낸다. 어제와 같은 거짓말을 걷고 있다. 지속되는 걸음을 막을 수는 없다.

있었던 것이 있었던 곳에는 있었던 것이 있었던 것처럼 있었고

한낮은 태양의 눈으로 빛을 발하고 있었다. 있었던 것이 있었던 곳에는 있었던 것이 있었던 것처럼 있었다. 사라진 것의 자리를 메우는 것 같지만 빛은 공백을 환기하는 방향으로 흐르고 있었다. 마음의 짐이 있는 사람이라면 과거의 자리로 돌아올 거라고 생각했습니다. 익숙한 자리에서 위안을 느끼기 때문입니다. 사라진 것들은 흔적을 남긴다. 사라진 흔적조차 흔적을 남긴다. 어제의 자리에서 어제의 사물을 바라보고 있으면 타인의 마음을 어루만지는 기분이 듭니다. 지금은 말씀드리고 싶지 않습니다. 음지가 있으면 양지도 있는 법이다. 굳이 이곳을 고집해야 할 필요가 있을까요. 두 눈을 감으면 빈자리로 다시 찾아드는 무언가가 있다. 감추어진 뜻 속으로 다시 스며드는 목소리가 있다. 잊을 수 없는 장면들을 하나하나 종이에 새겨 넣는다. 사이와 사이를 배회하면서 눈을 뜬 채로 잠들어 있었다. 우리는 누구입니까. 몇 겹의 움직임 위로 몇 겹의 움직임이 겹쳐 흐르고 있었다. 아직 시간이 남아 있다면 당신 자신의 물결을 만들어나가십시오. 겸손한 어조 속에 단호함이 배어 있는 목소리였다. 각오는 되어 있습니까. 현실 세계로 돌아와야 한다는 조언을 들었습니다. 우리가 매일 마주치는 장면들 속에서 흘러가는 그림자를 응시하는 것은 음지의 열매를 길러내는 일만큼이나 수고로운 일이다. 무슨 말인지 잘 들리지 않습니다. 있었던 것과 있었던 것 사이에서 지속적으로 발생하는 간격이 있었다. 발생한 간격을 지속적으로 반복하는 걸음이 있었다. 한 그루의 나무는 오랜 슬픔을 숨기기에 적당한 장소였다. 나무와 나무가 자랄 때 그림자와 그림자는 어디에서 어디로 이동하는가. 종이 위로 번지는 얼룩이 있었다. 손으로 눈으로 마음으로 바라보는 풍경이 있었다. 눈을 돌리면 가파른 언덕길에서 아이들이 달려오고 있었다. 있었던 것이 있었던 곳에는 있었던 것이 있었던 것처럼 있었다. 무언가 모르는 것이 풍경 속으로 스며들고 있었다.

돌을 만지는 심정으로 당신을 만지고

　돌을 만지는 심정으로 당신을 만진다. 가지 하나조차도 제 그림자를 벗어나지 못하는 한낮이다. 두 팔 벌려 서 있는 나뭇가지를 보았습니다. 당신은 곳곳에 서 있었습니다. 사라지는 것은 사라지는 것으로 사라지지 않는다. 길가 작은 웅덩이 위로 몇 줄의 기름띠가 흐르고 있었다. 몇 줄의 기름띠 위로 작은 무지개가 흐르고 있었다. 한 방울 두 방울 번지고 있었다. 한 장면 두 장면 이어지고 있었다. 또 다른 세계의 입구가 열리고 있었다. 멈추고 싶은 곳에서 멈추면 됩니다. 끝나는 곳에서 다시 시작하면 됩니다. 반복되는 질문에 대해서도 마찬가지입니다. 바닥을 향하는 서늘함이다. 투명하고 빈 공간이 있는 하얀색이다. 귀를 기울여 익숙한 소리들을 걸러낸다. 어떤 말은 오래오래 잊히지 않습니다. 고요한 것들이 고요하게 움직이고 있었다. 대화체의 기본적인 구조를 숙지하고 있다. 시각적인 것과 청각적인 것의 통합을 시도한다. 낯선 것일수록 감각을 예민하게 일깨울 수 있습니다. 내일은 달라질 수 있을까요. 익숙한 것을 낯설게 바라보는 연습을 합니다. 마음속에 간직해온 얼굴을 돌이라고 생각하기로 한다. 돌은 모든 것을 보고 돌은 무엇도 말하지 않는다. 말하지 않는 말들 위로 이끼가 내려앉는다. 너와 나라는 두 개의 문이 열린다. 가지가 가지로 자라나듯 목소리가 목소리로 이어진다. 어디로 가는지 묻지 않습니다. 제가 말씀드리고 싶은 것은 이것뿐입니다. 바닥에는 몇 개의 나뭇가지가 떨어져 있었다. 죽은 것이 죽은 것으로 다시 죽어가고 있습니다. 시각적으로 인지되지 않는 움직임을 따라간다. 흐르고 있는 그림자를 경계하라는 말을 들었습니다. 무엇 하나 이유 없이 존재하는 것은 없습니다. 세상의 모든 것들은 환한 빛을 필요로 합니다. 시간과 함께 둥글게 깎이고 있는 돌을 본다. 당신을 만나는 심정으로 돌을 만난다.

떨어진 열매는 죽어 다시 새로운 열매로 열리고

첫 페이지에는 사과라고 적혀 있었다. 문자의 표정은 부드러웠다. 전경의 물체는 또렷한 윤곽선을 가지고 있었다. 보기 좋고 듣기 좋은 것들이 많았다. 흐르듯 떨어지는 곡선이 있다. 사물을 되비추는 빛을 기대합니다. 단단한 눈빛과 대비되는 차분한 목소리로 말한다. 비교를 하게 되면서부터 불행을 덧입게 되었다. 너는 죽은 나무 아래에서 잠들었고 열매는 어김없이 떨어져 뒹굴고 있었다. 녹색을 띠고 향이 진한 것이 좋습니다. 무수한 꽃들이 날개를 펼쳐 날아오르고 있었다. 한 폭의 동양화를 연상시키는 풍경이다. 내면의 깊은 곳까지 가 닿고자 했습니다. 기하학적 사고로부터 벗어날 수가 없습니다. 한 가지 일 외에는 신경 쓰지 못하는 성격입니다. 늙고 병든 목소리를 빌려서 너에게 말을 건넨다. 다시 태어난다면 낙관주의자가 되고 싶습니다. 의견을 최대한 수렴하여 반영하도록 하겠습니다. 자신을 있는 그대로 받아들이기로 한다. 열매를 수확해서 팔면 돈이 됩니다. 여러 기능을 하나로 통합했습니다. 이제 겨우 출발선에 섰으니 갈 길이 멀다고 생각했다. 창문은 강물에 비친 하늘의 구름을 담고 있었다. 은밀한 욕망이 내재되어 있다고 읽었습니다.

문학적 분위기를 드리우고 있기 때문입니다. 자신의 존재 가치에 대해 끊임없이 고민하고 있습니다. 유려해 보이는 모습 뒤에 숨겨진 어눌한 마음을 고백한다. 거리를 두고 보면 가면의 뒤쪽도 발견하게 될 겁니다. 실용적인 문장을 중간중간 덧붙인다. 허상을 다루고 있다는 사실을 인지한다. 압축된 마음에 다가갈 수 있습니까. 질문을 확보하는 것에 초점을 맞추어야 한다. 하나같이 독립된 그림으로 구성되어 있다. 섬세하고 부드러운 곡선과 엷고 투명한 색채가 두드러집니다. 무수한 이미지로 떠돌고 있지만 찾아드는 그림자는 단 하나입니다. 기억과 망각 속에서 과거와 현재를 동시에 드러냅니다. 인간의 광적인 행동을 해학적으로 보여준 사례라고 생각합니다. 존재하는 것을 진정시키고 완화시키는 역할을 한다. 자연스러움만을 간직한 채로 늙고 싶습니다. 상상 속에서 재현되는 장면들을 과거라고 부릅니다. 깊이와 넓이를 제대로 감각하는 법을 교육받았습니다. 본질을 이해하는 것이 가장 중요합니다. 사람은 결국 자기 자신으로 끝나기 때문입니다. 은밀한 약속이 은밀한 방식으로 유통되고 있습니다. 정확한 대안을 찾을 때 현실은 과거처럼 생생해집니다. 빛과 그림자가 혼합된 백일몽의 연속이다. 너는 죽은 나무 아래에서 잠들었고 향은 여전히 피어오르고 있었다. 떨어진 열매는 죽어 다시 새로운 열매로 열린다. 마지막 페이지에는 극락정토라고 적혀 있었다.

안개 속을 걸어가면 밤이 우리를 이끌었고

보이지 않는 선을 긋는다. 공허를 채우는 잔향을 따라 간다. 끝없이 반복되는 잔상이 있다. 아름다운 것들을 회 수하여 보관한다. 거울을 마주 보고 정면을 응시한다. 바 닥으로부터 흘러나오는 목소리가 있다. 안개 속을 걸어 가면 밤의 한가운데에 도착합니다. 모르는 것을 어둠이 라 부르면서 희미하게 나아갑니다. 시간은 소리 없이 나 이테에 새겨진다. 그림자 위에 또 다른 그림자를 덧씌운 다. 기쁨보다 선명한 슬픔이 있다. 사람은 모두 내면의 빛 을 가지고 있습니다. 흔들리는 피사체들이 무너진 자리에 서 다시 몸을 일으켜 세운다. 미래를 두드리면서 과거를 만진다. 빛 없이 죽어 있는 얼굴이 도처에 가득하다. 우리 를 압도하고 있는 이 빛은 무엇인가. 꿈꾸던 얼굴을 갖고 싶어 거짓말의 형식을 차용한다. 무엇을 먹고 무엇을 입 고 무엇을 듣고 무엇을 묻고 무엇을 춤춥니까. 그림자는 빛의 농도에 의해 질감과 명암을 달리한다. 숨겨두었던 말을 꺼낸 이유는 경계를 넘어가고 싶기 때문입니다. 신 경증을 다스리기 위해 무의식적으로 사용하는 방어 기제 를 밝혀낸다. 타인의 좋은 패를 들여다보는 방식으로 자 신의 마음을 읽고 있지는 않습니까. 지금 이 순간 살아 있는지 묻고 있는 것은 오래전 꽃의 향기를 기억하고 있기 때문이다. 당신을 울게 하는 것은 무엇입니까. 당신을 떨리게 하는 것은 무엇입니까. 당신을 달리게 하는 것은 무엇입니까. 여백은 아직 밝혀지지 않은 가능성으로 무한히 출렁입니다. 왜 그 자리 그대로 남아 있습니까. 요구받은 대답을 다듬어 질문으로 돌려준다. 목소리와 목소리 사이의 간극은 무감하던 날들을 반추하게 한다. 과장된 음역을 흡수해서 균형감 있게 배치한다. 왜곡을 발생시키는 요소를 삭제한다. 때로는 개의 눈으로 사물을 바라보기도 합니다. 자신을 태우면서 빛을 내는 것이 있다. 순간순간 기억을 흘려보내고 있기 때문입니다. 순간순간 슬픔이 지나가고 있기 때문입니다. 사람은 어떻게 완성되어가는가. 시간은 어떻게 두려움을 조작하는가. 남들과 똑같은 노래를 부르는 것에 어떤 즐거움이 있습니까. 누구도 아무도 어디로 가라고 일러주지 않습니다. 고유한 목소리를 되찾아야 합니다. 존재하는 것들의 다양한 형태와 질감에 다가가야 합니다. 분산하고 발산하는 빛을 상상 속에서 재현한다. 더 깊은 어둠 속에서 더 깊은 바닥으로 가라앉아도 괜찮습니다. 죽어가는 방식으로 피어나는 꽃을 건네준다. 잠재된 감정의 잠정적인 속삭임을 주시한다. 떠오르기를 기다려 만나게 되는 장면은 오래전 어머니의 뒷모습이다. 한 발 한 발 하루하루씩 살아가라고 말하며 응답을 기다리는 내면의 목소리다. 사라지는 모든 것들을 축복하기로 합니다. 시간은 사라지는 것이 아니라 쌓이는 것이기 때문이다. 움직이는 것들의 역사는 회고의 방식을 취할 수밖에 없기 때문이다. 대상의 그림자로부터 대상을 분리한다. 관계를 지속하기 위해 스스로 떠맡은 역할로부터 벗어난다. 무관한 단어들 속에서 사물의 이름과 존재의 환영이 자리를 뒤바꾼다. 어둠의 경계 너머로 스며드는 기억이 있다. 가볍지만 쉽게 찢어지지 않고 복원력이 뛰어납니다. 경계 없는 목소리로 분명한 질문을 던진다. 어디에 있습니까. 지금 여기에 있습니까. 안개 속을 걸어가면 밤의 한가운데에 도착합니다. 모르는 것을 어둠이라 부르면서 희미하게 나아간다. 제자리걸음이어도 전진하고 있다는 것을 알아야 합니다. 첫 문장은 바닥으로 떨어졌고 마지막 문장은 날개로 펼쳐진다. 미래를 두드리면서 과거를 만든다. 세계의 입구가 열리고 있다. 숨소리 뒤에 들려오는 아름다움이 있다.

나뭇가지처럼 나아가는 물결로

지속적으로 흔적을 남기는 움직임이 있다. 완고한 완만함으로 나아가는 흐름이 있다. 땅속 깊이 뿌리에서 뿌리로 이어진다. 마음을 불어넣어 사람의 감정을 느끼게 한다. 멀리서 보면 회전하는 도형처럼 보입니다. 미묘한 울림 속에서 익숙한 목소리를 골라낸다. 손바닥을 바깥으로 향하게 한다. 미래를 건너가는 것은 무엇이든 받아들입니다. 민들레의 갓털이 바람을 타고 날아간다. 공기가 들어가 있어 푹신푹신합니다. 자신을 돌아볼 시간이 필요합니다. 신의 영역에 이르기까지 몸짓으로 표현하려는 간절함이 있다. 색약의 빛을 소중히 간직하고 있습니다. 수직선과 수평선이 마주치는 곳에서 빛처럼 터져 나오는 긴장이 있다. 정지된 채로 확산되는 무한함이 있다. 도취되어 진행되는 조형적인 요소가 있다. 믿을 수 없는 이야기로부터 다시 시작한다. 물질계를 떠나 영혼의 세계로 들어섭니다. 멀리 있지 않습니다. 동심원과 동심원이 만나는 경계에서 흐려지는 곡선을 본다. 응결된 빛이 흩어지고 있다. 허물없이 대화를 나누는 장면을 연출한다. 물결의 보폭은 무한히 갱신된다. 순도 높은 파장을 순수한 색으로 증류한다. 망막에 맺히는 흔들림이 있다. 그것을 어떻게 포장하는 것이 좋을까요. 갓털은 씨를 매달고 이곳저곳으로 흩어집니다. 이 가지에서 저 가지로 환한 두 손처럼 매달려 있습니다. 검은색에서 하얀색으로 나아갑니다. 반짝이는 것들은 어둠 직전과 어둠 직후를 품고 있다. 무수한 점들 속에 숨겨진 무수한 선들을 만난다. 진실에 가 닿으려는 마음을 건넨다. 내적인 생명을 반복하는 울림을 전한다. 나뭇가지처럼 나아가는 물결이 있다.

멀어지지 않으려고 고개를 들어

바람의 흐름에 몸을 맡긴 채로 떠다니는 꿈이었다. 사람으로부터 멀어지지 않으려고 고개를 들었다. 거슬러 올라가면 어디에 있었는지 알게 될 겁니다. 친밀감 있는 구어체로 나누었던 진심이 있었다. 진심 뒤로 흘러가는 구름이 있었다. 나뭇가지는 뻗어나가고 싶은 대로 뻗어나간다. 머뭇거림 없이 전진하고 싶습니다. 거슬러 가는 물결 속에서 흔들리며 떠내려오는 것을 본다. 떠내려오면서 춤을 추고 있습니다. 춤을 추면서 사라지고 있습니다. 누군가에게 마음을 맡기는 상상을 한다. 무엇인지 알 수 없는 기운 속에서 함께 움직이고 많이 생각하며 깊이 깨우치기도 했습니다. 고적한 어둠을 고요한 얼굴로 맞이한다. 가도 가도 끝이 없는 길은 마음을 돌려받지 못한 사람의 입말과 닮아 있습니다. 매일매일 바라보는 구체적인 형상이 있다. 익숙한 풍광 속에서 흐려지는 그림자가 있다. 비슷해 보이지만 비슷하지 않습니다. 길을 따라 나아가면 길은 열립니다. 앞서가는 것은 이미 저버린 마음입니까. 안내자를 따라가면서 인내의 한계에 대해 생각한다. 경험한 세계를 재현해내려고 애쓰지 않습니다. 한 주일의 꿈을 간명하게 적어 내려간다. 월요일은 흑백

사진 곁에 있었다. 화요일은 은밀하게 주고받은 낱말 속에 묻혀 있었다. 수요일엔 아무 일도 없었습니다. 목요일엔 아무 일도 없었던 날을 되새긴다. 금요일엔 건물과 건물 사이의 거리를 환기한다. 토요일엔 중단된 마음을 들여다본다. 일요일엔 두고 온 얼굴을 쓰다듬는다. 묻혀 있다고 믿었던 것들이 되살아납니다. 당신은 이제 거의 어른이고 주춧돌 위에 세워질 것이 무엇인지 미리 내다볼 수도 있습니다. 완벽한 장소를 동경하듯 마음 둘 곳을 찾아 헤매지 않습니다. 거리에는 분주히 제 갈 길을 가고 있는 사람들이 있었다. 마음의 소리는 들리지 않습니다. 들리지 않는 소리를 따라가는 기나긴 여정 속에 있다. 통찰력을 배양할 수 있는 좋은 기회라고 생각합니다. 바람의 흐름에 몸을 맡긴 채로 나아간다. 바람을 향해 바람이 되어 바람으로 사라지는 꿈이었다.

꿈과 현실의 경계로부터 물러났고

장례식 종이 울린다. 희미한 연기가 피어오른다. 죽어
버린 너와 살아남은 내가 조화롭게 배치된다. 우리의 노
래는 희망의 송가로 귀결된다. 우리의 감정은 물빛의 리
듬으로 흘러간다. 꿈과 현실의 경계로부터 물러난다. 너
의 꿈은 나의 현실이다. 나의 현실은 너의 무덤이다. 단
지 떨어져 있기 때문에 작게 보일 뿐입니다. 거리를 두고
바라보면 모든 것은 다 똑같은 구조를 지닌다. 종이 위에
서로의 장단점을 적어 내려간다. 내적인 세계의 완성을
도모한다. 새로운 관계 맺기를 모색할 수도 있습니다. 고
심의 흔적들이 종이 위에 자욱하다. 사라져가는 음은 지
워져가는 시간을 암시한다. 차곡차곡 쌓아온 기억들이
미래를 위한 공간 속으로 모여든다. 될 수 있으면 천천히
음미하는 것이 좋습니다. 불어오는 바람에 몸을 맡기고
있다. 죽음 이후의 눈꺼풀 속 어둠을 상상한다. 꿈과 현실
의 경계가 무너져 내린다. 후회와 반성의 입말로부터 시
작되는 이야기를 주고받는다. 너와 나의 자리는 매번 바
뀔 수 있기 때문이다. 바라보는 관점이 서로 다르다는 사
실을 상기한다. 마음에 마음을 안착시키는 요소가 있다.
온도와 압력을 가해 기억의 형태를 증발시킨다. 몸으로

자연을 느끼며 불확실한 존재로 변모해간다. 오래되고
낡은 것에는 시간을 초월하는 힘이 있다. 자기 자신으로
살아가야 한다는 강박관념에서 벗어난다. 본래의 자아란
없기 때문이다. 불변하는 존재란 없기 때문이다. 시간을
공유하지 못한 채로 공존하고 있는 것이 우리의 현실입
니다. 시간의 흐름과 함께 현재를 깨달아야 합니다. 더 깊
게 호흡할 생각입니다. 오래된 미래의 꿈을 간직하고 있
습니다. 독자적인 발성을 익힌다. 독자적인 발상을 지속
한다. 나의 무덤은 너의 현실이다. 너의 현실은 나의 꿈이
다. 다시 태어나지 않고도 다시 살아갈 수 있습니다. 꿈과
현실의 경계로부터 나아간다. 내면의 축제를 시작한다.

조그만 미소와 함께 우리는 모두 죽을 것이다

자연에서 채집한 소리로 말을 건넨다. 존재하는지도 모르는 채로 존재하는 소리가 흘러나온다. 과거에서부터 흘러드는 쌍곡선의 세계입니다. 묻혀 있는 것을 드러내는 방법은 다시 새롭게 되묻는 것이다. 지나간 말을 되묻는 방식으로 스스로의 내일을 증명하고 있다. 갈림길 앞에서 오래도록 망설였습니다. 멈추듯 흐르는 것이 사람들의 시선을 붙잡고 있다. 흰색으로 변하는 흰색이 있다. 잿빛을 잿빛으로 물들이는 손목이 있다. 시간을 열어 보인다고 말하면 시간이 열리는 세계 속에 있다. 아름다움이 떠오르는 찰나를 기다리고 있다. 아직까지는 숨을 쉬고 있기 때문이다. 평범한 삶이 위대함을 이끌어낼 수도 있을까요. 분별력을 갖춘 말투를 반복해서 연습한다. 펼쳐진 줄도 모르는 채로 펼쳐지는 시간이 있다. 우려의 길을 따라가면 오래전 우리가 나옵니다. 높이 날아오르면 태양에 가까워진다고 믿었던 마음이 있다. 삶에 대한 통찰력을 지속적으로 요구받고 있다. 사라진 목소리는 다양한 층위로 중첩된 채로 공명한다. 색채 학자에게서 전해 받은 색채 종이를 간직하고 있다. 아직까지는 죽지 않았습니다. 전생의 기억까지도 참조해야 하는 날들입니다. 되돌릴 수 있는 것은 과거에 대한 현재의 생각뿐입니다. 번역된 낱말의 첫소리에서부터 출발하기로 한다. 잠들어 있는 흔적을 이끌어내는 요소가 있다. 편지를 보내는 것으로 결별의 수순을 밟는다. 색채 종이를 펼치면 영혼으로 이어지는 노래가 흘러나온다. 색채 종이의 기능적인 요소는 위안과 위로라는 익숙한 구조를 답습하고 있다. 눈물을 보이는 존재가 되어 흐르고 있습니다. 낯익은 경구처럼 맴도는 문장이 있다. 발음하기 곤란한 낱말 소리가 있다. 일관된 주제 의식을 흐릿하게 드러내고 있습니다. 물리적인 법칙 아래에서 드넓은 자장을 희박하게 유지한다. 당신이 지치지 않았으면 좋겠습니다. 내면에서 흐르는 음악을 노출시킬 수 있다. 속으로 가만히 혼자만 웃는 조그만 웃음이 있습니다. 문맥과 문맥 속에서만 흐르는 흐릿한 기운을 흩뿌린다. 감정을 어떻게 정확히 드러낼 수 있을까요. 이상적이고 담백한 모양의 도형이 나타난다. 이곳과 저곳을 엮어주는 매개물입니다. 읽고 쓰려는 것과 모방하고 묘사하려는 대상 사이에는 지속적으로 발생하는 우주적 찰나가 있다. 질서의 합의와 힘의 균형은 무시할 수 없는 요소입니다. 의미 없는 변주를 끝없이 반복한다. 순간의 호흡에서 순간의 호흡으로 돌아온다. 태양 아래에서 어둠을 되밝히고 있다. 은밀하게 돌아갈 준비를 하고 있습니다. 국외자 혹은 이방인으로 머물러 있는 시간이 지속된다. 우려의 길을 따라가면 이후의 우리가 걸어갑니다. 무엇과도 비교할 수 없는 유일한 표정 속으로 사라지고 있다. 조그만 미소와 함께 우리는 모두 죽을 것이다.

거울을 통해 어렴풋이*

접어둔 꿈을 펼친다. 너는 잊어서는 안 되는 것을 잊었고. 텅 비어 있는 것은 다름 아닌 네 자신의 마음이었다는 것을 뒤늦게 알아차린다. 이해받지 못한다고 느끼는 연약하고도 슬픈 기질이. 아주 어린 시절부터 너를 문장이라는 말의 그늘로. 아니. 문장이라는 종이의 여백으로 이끌었고. 혼자만의 방에서도 오래도록 외롭지 않았던 것은. 네 오랜 꿈의 원형인 듯 책상 한구석에서 타오르던 어둡고 희미한 불꽃이. 매 순간 너와 함께 네 마음속에서 타오르고 있었기 때문이다. 접어둔 꿈을 펼친다. 거리는 거리로 이어지고 집은 집으로 이어져. 첫번째 집은 문이 없었고. 쉽게 다음으로 건너뛰지 못하는 미련한 마음이 다음 집과 다음 집도 첫번째 집으로 오인하도록 하였기에. 결국 네가 찾고 있는 것은 열리지 않는 문이라는 듯이 너는 너 자신을 속였으나. 이내 문이 있는 집이 나타났고. 당연하게도 너는 문을 열고 들어가지 않았고. 지금껏 줄곧 그래왔듯이 너는 첫번째 집을 찾아 헤매듯 다음 또 다음으로 천천히 천천히 집과 집 사이를 건너뛰었고. 결국 네가 찾고 있는 것은 문이 없는 집이라는 사실을 너 스스로도 인정할 수밖에 없었고. 그러니까 결국. 끝없이 끝없이 바깥으로만 바깥으로만 떠돌도록 하는 모종의 이유가 필요했을 뿐이라는 사실을 너는 인정해야만 했고. 건너뛰어 가는 동안. 종이 위로 새겨지는 네 목소리 위로 또 다른 목소리가 내려앉는 것을 너는 보았고. 들었고. 그것은 오래도록 내뱉지 못한 네 입속말의 부스러기들이었고. 바깥으로 향하는 목소리를 따라. 그렇게 바깥으로 향하는 공간으로 뛰어들기를 반복하여서 다시금 어제의 밤은 몰려왔고. 그러면 이제 무언가를 붙잡아야만 한다고. 그러면 이제 어딘가에 도착해야만 한다고. 그러나. 거울을 통해 어렴풋이 들여다보듯이. 희미한 것들은 희미하게 빛나고 있었고. 빛의 둘레로부터 어른거리며 물러나는 무언가를 너는 보았고. 들었고. 그 어렴풋한 그림자야말로 네가 잊어서는 안 되는 것이었고. 아니. 네가 잊을 수밖에 없는 것이었고. 그리하여 잊어버려서는 안 되는 것을 잊어버릴 수밖에 없었던 시간을 떠올렸고. 손을 펼치면 저 너머로부터 말들의 그늘이 번져오고 있었고. 더이상 많은 낱말과 낱말로 말할 수 없게 되었다는 것을. 더는 숱한 비유와 비유로 문장을 꾸릴 수 없게 되었다는 것을. 너는 뒤늦게 알아차렸으나. 심연을 향해 나아가듯

같은 낱말이 또 다른 뜻으로 너를 향해 다가오고 있는 것
을 너는 보았고. 들었고. 느꼈고. 연필을 쥔 너의 손가락
은 어느새 종이 위를 빠르게 미끄러져갔고. 글자가 아닌
그림처럼. 그림이 아닌 음악처럼. 어떤 시선을. 어떤 흔
적을. 어떤 공백을. 너는 읽으면서 쓰기를 멈추지 않았
고. 심해로부터 번져오듯 같은 낱말이 다시 다가오면서
물러나고 있는 것을 너는 느끼면서. 자신의 표정을 제대
로 들여다보기 위해서 다른 누군가의 문장을 인용하는
무수한 얼굴을 생각했고. 그리하여 다시. 마주 보는 이중
의 거울 속에서. 끝없이 끝없이 맺히며 펼쳐지는 거울상
의. 그 어떤 예비된 묵시들처럼. 그리하여 다시. 꿈은 어
디로부터 흘러와서 어디로 흘러가는가. 빈칸을 건너뛰
듯 희미한 보폭으로 사라져가는 저 무수한 길 위에서. 한
줄 건너뛰면 다시 한 줄 흔들리는 저 무수한 나뭇가지 사
이에서.

* 「Through A Glass Darkly」(1961). 잉마르 베리만의 영화.

노래하는 양으로

노랑은 언덕이고 풀은 돋아난다. 노래하는 양으로 춤을 추면 드넓은 들판이 펼쳐진다. 영원이라 부르는 것이 있어 양이 지나간 자리에 내려앉고 흙을 메우고 잎을 피우고 꽃을 떨구고 있다. 끝없이 지치는 활시위의 선율로 지천을 떠도는 음표의 그늘을 걷어내고 있다. 살아 있었던 핏빛 볼과 분홍빛 손톱. 죽어가는 검은 입술과 돌덩이 심장으로. 아름다움은 발목을 드러낸 채로 내 곁에 누워 있다. 너는 점점 땅에 가까워지고. 흙으로 뒤덮이고. 두 번 다시 돌아오지 않는 손으로. 두 번 다시 들리지 않는 목소리로. 언덕은 노랑이고 풀은 노래하는 양으로. 말은 돌처럼 굳어 있고 목구멍은 가차없이 사라졌다. 얼굴이 사라진 것이 목소리보다 먼저겠지. 먼지 너머로 사라진 얼굴이 언덕보다 먼저겠지. 손바닥을 뒤집으면 손등 아래에는 들판. 들판 아래에는 노래하는 양으로. 딱딱하게 굳었기 때문에 떠나보낸 겁니다. 떠나보냈기 때문에 딱딱하게 굳은 겁니다. 돌 곁에 누워. 돌 곁에 가만히 누워. 돌이키고 돌이켰지만 돌이 곁에 있을 뿐이다. 노랑은 들판이고 풀은 노래하는 양으로. 돌과 같이 굳어가는 것은 흙 먼지 나무 바람뿐만은 아니어서. 돌처럼 흘러내리는

것은 얼음 눈물 구름 얼굴 언덕뿐만도 아니어서. 바싹 말
라 종이처럼 부서져 내리는 풀은 재의 맛이 나고. 바닥으
로 떨어져 어두운 흙과 분별없이 섞여. 언제고 언제나 나
무로 돌아가려고. 노래하는 양으로 머나먼 들판에서 춤
을 추려고.

밤에 의한 불

귀신들은 아주 어둡지도 아주 밝지도 않은 때
(새벽녘과 황혼 무렵)처럼
특정한 조건에서 모습을 드러낼 것이다.
죽은 자들은 처음에는 죽은 것을 자각하지 못한다.
자기 자신을 꼬집어도 여전히 아픔을 느끼지 못하고,
아직도 자신의 몸을 가지고 있다고 생각한다.
그러나 그것은 환영일 뿐이다.
모든 것이 생각일 뿐이다.
이들은 돌아다니고 사람들과 일상적으로 얘기를 나누지만
아무도 이들을 알아보지 못하고
눈으로 보지도 듣지도 못한다.
— 박찬경 외,『근대에 맞서는 근대: 귀신 간첩 할머니』(2014)

곁에 있어 쓰다듬게 되는 늙은 개처럼 헛된 위안을 바라며 오래전 너의 방을 떠올린다. 너의 책상과 너의 의자와 너의 계단과 너의 그늘과 너의 문과 너의 벽과 너의 얼굴과 너의 불안과. 모든 것이 다 들여다보일 만큼 충분히 환한데도 온전히 어둠 속에 놓여 있는 것만 같은. 내부를 들키지 않은 채로 외부를 응시하는 사람들. 내부의 외부의 내부를 응시하는 사람들. 무언가를 동시에 보는 사람들. 은둔자의 자세로 오래오래 자기 속에 머물러 있는. 어둡고 외로운 사람의 비밀 서재로 숨어 들어가 손때

묻은 책들을 하나하나 순례하는 밤. 너의 얼굴은 두 번 다시 볼 수 없다는 점에서 아름답고. 현실을 간단히 건너 뛰었다는 점에서 영원하다. 기억을 따라가면 네 몸처럼 부르던 노래가 흐르고. 방의 빛은 오래된 기억을 비웃듯 바라볼 때마다 다른 색깔을 들이민다. 그러나. 모서리와 모서리를 흘러내리던 그날의 공기는. 낡은 외투처럼 내 몸을 감싸던 그 목소리는. 바닥 위로는 드문드문 보이지 않는 발자국들이 이어지고. 이어지는 얼룩은 눈물이었다가 한숨이었다가 한낮이었다가 한담이었다가. 목구멍은 막히고 마음은 밝히고. 겹으로 쌓여가는 배경을 이끌고 밤은 다시 몰려오고. 너는 어렴풋한 밤의 윤곽 위로 천천히 불을 놓아준다. 하루는 지나가고 문은 닫히고. 너무 많은 이름이 겹으로 떠올라 더 이상 너를 부르지 못하고.

너의 꿈속에서 내가 꾸었던 꿈을 오늘 내가 다시 꾸었다

모든 꿈은 내면의 우물과 관계가 있지. 너는 계속 말한다. 나는 그저 듣는다. 나는 보류한다. 나는 판단 중지 상태에 놓여 있다. 너는 계속한다. 내면의 우물은 내면의 우울과 다름없는 말이지. 꿈 분석 이론에 익숙하지 않아도 알 수 있지. 꿈을 해석해보려고 안간힘을 써본 적이 있는 사람이라면. 자신에게조차 자신을 숨기기 위해. 언젠가 들킬. 어쩌면 들키길 바라는. 그렇게 숨겨진 채로 드러난 문장 대신. 또 다른 내면의 문장을. 또 다른 비밀의 일기장을 간직해본 적이 있는 자라면. 아니. 그런 은밀한 기록은 어쩌면 영원히 씌어질 수 없는 거겠지. 쓰자마자 지워질 테니까. 쓰면 쓸수록 더 더 지우고 싶어질 테니까. 분석되는 순간 일그러지며 사라지는 꿈처럼. 끝없이 첨삭되고 수정되는 방식으로 끝끝내 유보되는 너의 문장처럼. 나는 그저 듣는다. 나는 판단 유보 상태에 놓여 있다. 너는 지속한다. 너는 전진한다. 열에 들뜬 아이가 말을 토하듯.

나는 어떤 노래를 부르고 있어. 그 꿈속에서. 그 꿈속의 노래 직전까지도 나는 불안을 멈추지 않아. 나는 모종의 두려움에 떨고 있지. 내 얼굴을 보여주지 않으려고 애쓰면서. 자신을 온전히 드러낸다는 것은 자신의 불완전함을 있는 그대로 받아들인다는 뜻이니까. 내 곁의 사람들은 내가 잘 알고 있는 사람들인 동시에 내가 전혀 모르는 사람들이기도 하지. 그들과 나는 서로 다른 색깔의 옷을 입고 있어. 우리는 서로 다른 이해관계를 갖고 있지. 지금은 생각나지 않는. 그리 중요하지도 않은 어떤 이유와 목적들을. 모르겠어. 그 엇갈린 관계의 구체적인 세목들에 대해서는. 그리고 꿈의 순서도 정확하지 않아. 노래가 먼저인지 두려움이 먼저인지. 울음이 먼저인지 물음이 먼저인지. 나는 목양실에 있어. 아니. 나는 목양실에 있었어. 노래를 부르기 직전에. 아니. 그것도 명확하지 않아. 난 그저 목양실이라는 낱말을 어떤 문장 속에 끼워 넣고 싶었을 뿐이야. 나는 어떤 종류의 낱말들을 지속적으로 수집해왔지. 현실의 곤궁함을 잊게 해주는 낱말들을. 아니. 현실의 간곤함을 더욱더 두드러지게 하는 낱말들을. 감화원이라든가. 김나지움이라든가. 유형지라든가. 금언집이라든가. 하나같이 어떤 종교적인 엄격함과 고결함이 드리워진 단어들이지. 조용히 파열하는 느낌.

아득히 진동하는 느낌. 내밀히 전율하는 느낌. 어떤 청교
도적인 뉘앙스를 지닌 단어들을 은밀히 간직하고 있다
는 것 자체가 어쩌면 내 오래된 욕망을 역설적으로 드러
내고 있는 건지도 모르지. 무엇으로부터 무엇을 향하는
욕망이냐고? 글쎄. 그건 네가 더 잘 알겠지. 내가 꾼 꿈을
너도 꾸었으니까. 나의 꿈속에서 네가 꾸었던 꿈을 오늘
네가 다시 꾸었으니까. 나는 그저 듣는다. 나는 판단 정지
상태에 놓여 있다. 나무가 나무를 판단하지 않듯이. 구름
이 구름을 거역하지 않듯이. 바람이 바람을 붙잡으려 하
지 않듯이.

그러나.
그러는 사이.
날은 점점 어두워지고 나는 점점 꿈의 모서리로부터
떠밀려 내려와.

나는 어떤 노래를 부르고 있어. 아니. 나는 어떤 노래
를 부르고 있었어. 불안과 두려움은 어제의 일이었지. 무
수한 사람이 무수히 지나가고 있었어. 노래를 부르면 저

들은 멈출까. 발걸음을 멈추고. 생각을 멈추고. 기억을 멈추고. 무언가가 되기를. 자신이 아닌 다른 무언가가 되기를 소망하는 것을 멈출까. 전주가 시작되었고 나는 노래를 불렀어. 지나가던 사람들이 모여들었고. 노래는 천천히 천천히 퍼져나갔어. 사이사이 두런거리는 소리가 들려오고. 주위로 번지는 그 소리의 빛깔이 흰빛인지 검은 빛인지 알 수 없었고. 내용 없는 아름다움*이 펼쳐지고 있었어. 나는 문득 오래전에 죽은 누군가를 생각했지. 파이프 담배를 피우며 몇 시간이고 몇 시간이고 반복해서 반복해서 헨델의 메시아를 듣던 누군가를. 이전에는 결단코 떠올려본 적 없는 그 얼굴을.

오. 아버지.
아데라이데**의 아버지.

밤이 밝아오고 있었어. 낮이 어두워지고 있었어. 꿈은 밤으로부터 내려와 다음 날 낮이 되어서도 지속되었고. 오래도록 뜬눈으로 잠들어 있었으므로. 감은 눈은 한 걸음 떼어서 썼고. 그렇게 너는 다시 썼어. 너는 겹쳐서 다시 썼어. 여백으로 놓인 꿈을 또 다른 꿈 위에. 또 다른 꿈 위에 놓인 어떤 여백을.

＊ 김종삼의 시 「북치는 소년」에서.
＊＊ 김종삼의 시 제목.

한 자락

　사랑과 비밀을 바꾸어 울고 있었다. 휘감긴 것은 꿈속의 말이었다. 사라지는 것은 무엇인가. 사라지는 것은 모두 어디로 가는가. 사라지는 것이 골목과 골목을 만들고 있었다. 골목과 골목이 벽과 벽을 만들고 있었다. 벽과 벽이 과거와 과거를 바꾸고 있었다. 무수한 과거 속에서 무수한 얼굴이 지나가고 있었다. 어제는 오늘 다시 해석될 수 있다는 점에서 미래에 가까워지고 있습니다. 도달할 수 없다는 점에서는 마찬가지지만 그래도 기쁩니다 기뻐요. 그러니까 너와 나는 멀어지면서 가까워지고 있는 것이다. 벌어지면서 좁혀지고 있는 것이다. 휘날리는 휘장과 휘장 사이에서. 한 자락 한 자락 휘날리는 얼굴이 되어. 다시 만나고 있는 것이다. 다시 보이고 있는 것이다. 너의 발목에는 이국의 낱말 하나가 희미하게 새겨져 있었다. 잊지 않으려고 잃지 않으려고 문장을 새겨 넣었습니다. 가까운 듯 멀리서 한 자락 노래가 드높아지고 있었다. 음과 음이 몸과 몸으로 만나고 있다. 머릿속으로 공명하는 소리. 마음으로 마음으로만 우는 소리.

　미래
　혹은 미레.

시도

혹은 도시.

　가장 낮은 음으로 가장 깊은 감정에 도달하기를 바랐습니다. 꿈속의 말은 꿈 밖으로 나오기도 전에 날아가고 있었다. 무뎌지고 있었다. 더뎌지고 있었다. 무너지고 있었다. 물러지고 있었다. 열어놓은 창문 너머로 박명이 스며들고 있었다. 가장 밝은 빛 직전의 가장 어두운 빛으로 한 발 한 발 전진하고 있다. 비밀과 사랑을 바꾸어 울고 있다. 죽을 때까지 너와 나에 관한 것은 그 무엇도 말하지 않겠다고 다짐했다. 몸에 새겨 넣은 단어는 희미해졌지만 너는 네가 선택한 발음을 오래도록 간직했다. 어떤 다른 날에 문득 오늘을 떠올릴 때. 접히고 묻힌 지난날의 주름을 우연히 펼쳐 보게 될 때. 오늘처럼 다시 노래하게 될 겁니다. 오늘처럼 다시 울게 될 겁니다. 미래 혹은 시도. 미래 혹은 도시. 미파와 시도 사이에서. 반음과 온음 사이에서. 소중히 간직할 수 있는 것은 오직 한 자락 연기뿐. 기쁘게 잊을 수 있는 것도 오직 한 자락 온기뿐. 어

떤 음이 다시 흐르고 있다. 다시 한 자락 지나가면서 다
시 한 자락 흐르고 있다. 순간순간 다시 사라지면서 순간
순간 다시 살아가면서. 지나간 얼굴과 얼굴 사이에서. 다
가올 목소리와 목소리 사이에서.

고양이의 길

그것은 조용히 나아가는 구름이었다. 찬바람 불어오는 골목골목을 꼬리에 꼬리를 물고 사라지는 그림자였다. 구름에도 바닥이 있다는 듯이. 골목에도 숨결이 있다는 듯이. 흔적이 도드라지는 길 위에서. 눈물이 두드러지는 마음으로.

흰 꽃을 접어 들고 걸어가는 길이었다. 돌이킬 수 없는 길이었다. 돌아갈 수 없는 길이었다. 봄밤은 저물어가고. 숲과 숲 사이에는 오솔길이 있고. 오솔길과 오솔길 사이에는 소릿길이 있고. 소릿길과 소릿길 사이에는 사이시옷이 있었다. 어머니는 흰 꽃처럼 나와 함께 갈 수 없었다.

그러니까 결국 고양이의 길. 누구도 다른 누구의 길을 갈 수 없다는 듯이. 잡을 수 없는 것을 손이라고 부를 수 있습니까. 다가갈 수 없는 것을 혼이라고 부를 수 있습니까.

그리고 향
그리고 날아가는

어제처럼 오늘도 고양이가 가고 있었다. 그러니까 결국 고양이의 길. 얼룩무늬 검은 흰. 얼룩무늬 검고 흰. 누군가의 글씨 위에 겹쳐 쓰는 나의 글씨가 있었다. 늙은 눈길을 따라 흘러내리는 눈길이 있었다. 그것은 늙은 등으로 천천히 걸어가고 있었다. 늙은 등은 느리고 흐릿하게 불을 밝히고 있었다. 한 발 내딛고 다시 돌아보는 길이 있었다.

나무장이의 나무

나무장이가 나무를 쥐고 걷는다

나무와 나무를 쥐고 걷는다
나무에 나무를 더해 걷는다

한 손에 하나씩 나무 두 그루

나무는 말라서 막대기가 됩니다
막대기는 눈먼 자의 눈이 됩니다

한편에는 들판 한편에는 어둠

어둠 한편에는 깨어 있지 않음
들판 한편에는 죽어 있지 않음

나무가 들판을 어둠으로 물들입니다
어둠이 나무를 들판으로 불러냅니다

나무장이가 나무를 따라 걷는다

어둠에 어둠을 더해 걷는다
들판에 들판을 더해 걷는다

나무 두 그루 나무 두 그루
멀리 바라보는 나무 두 그루

모자와 구두

환영을 만들어 흐르고 있는 연기가 있다. 모자와 구두가 전날의 방으로 모여들고 있다. 머리를 쓸어내리듯 모서리와 모서리를 쓰다듬는 빛. 너는 모자를 벗으며 기어들어 가는 목소리로 묻는다. 언제쯤 올 수 있습니까. 나는 도착할 수 있는 가능성이 되어 구두를 벗는다. 구두를 벗으면 바닥 한편에 드리워지는 잿빛 그림자. 시간은 아직 많이 남아 있습니다. 문이 열리고 발이 보이고 말이 시작된다. 모자는 머리를 벗어나고 구두는 문밖으로 사라진다. 모자는 여기에서 저기로 흘러간다. 구두는 저기에서 여기로 흩어진다. 당신이 오지 않는다면 내가 가겠습니다. 구두는 먼 길을 떠난다. 모자는 가지 않은 길을 나선다. 모자와 구두 위에 구두와 모자가 얹히고. 집어 든 모자 곁에 벗어둔 구두가 놓일 때. 너는 감정이 무엇인지 배우지 못했다고 말했다. 너를 너라고 믿는 헛된 믿음 때문에 자꾸만 자꾸만 뒷걸음치고 있다고 말했다. 모자와 구두로 남겨지기 전에 자리에서 먼저 일어나야만 합니다. 연필과 지우개. 양말과 손수건. 양초와 유리병. 혹은 언덕과 들판으로 남겨지기 전에 자신의 이름을 먼저 지워야만 합니다. 모자와 구두가 전날의 점선으로 사라져갈 때. 두 발을 쓰다듬듯 마음과 마음을 쓸어내리는 두 손. 구두는 지나온 길을 떠올리기 좋은 어감을 가지고 있었다. 모자는 두고 온 얼굴을 되살리기 좋은 질감을 가지고 있었다. 모자가 모자로 남겨질 때 구두는 구두로 남겨지고. 구두가 구두로 남겨질 때 너는 너로 남겨진다. 남겨진 모자 곁에 다시 남겨진 구두가 놓이고. 남겨진 너의 곁에 남겨진 내가 다시 다가갈 때. 구름은 하늘 저편에서 구름처럼 흐르고 있었다. 책상 위에는 길고 얇은 한 줄기 향이 타오르고 있었다. 미래를 따라가듯 고개를 돌리면 창문 너머로 하나하나 흔들리는 나뭇잎들. 환영을 만들어 흐르고 있는 연기가 있다.

언젠가 가게 될 해변

해변은 자음과 모음으로 가득 차 있다. 모래알과 모래
알 속에는 시간이 가득하다. 시간과 시간 사이로 모래알
이 스며든다. 미약한 마음이 미약한 걸음으로. 미약한 걸
음이 다시 미약한 마음으로. 너는 너를 잃어가고 있다. 너
는 너를 잃어가면서 비밀을 걷고 있다. 노을은 점점 옅어
지고 있다. 슬픔은 점점 진해지고 있다. 언젠가 가게 될
해변. 우리가 줍게 될 조약돌과 조약돌이 호주머니 속에
가득하다. 흰 돌 하나 검은 돌 하나. 다시 흰 돌 하나 검
은 돌 하나. 휩쓸리고 휩쓸려 갈 조약돌의 박자로. 잊어버
리고 잊어버리게 될 목소리의 여운으로. 흰 돌 하나 검은
돌 하나. 다시 흰 돌 하나 검은 돌 하나. 미래의 빛은 미래
의 빛으로 남겨져 있다. 언젠가 언제고 가게 될 해변. 별
이 쏟아질 수도 있는 밤하늘의 저편으로. 전날의 나무들
이 줄줄이 달아나던 들판이 겹쳐 흐를 때. 비밀 없는 마
음이 간신히 비밀 하나를 얻어 천천히 죽어갈 때. 물새와
그림자 사이에서. 파도와 수평선 너머로. 저녁노을은 하
늘과 땅의 경계를 지우며 색색의 영혼을 우리 눈앞으로
데려온다. 손가락과 손가락 사이에서 액체가 흘러내린
다. 우리는 우리로부터 달아나면서 가까워지고 있다. 그

때. 무언가 다른 눈으로 무언가 다른 풍경을 바라볼 때. 그때. 그 밤의 그 맑음을 무엇이라 불러야 했을까. 그때. 그 어둠의 그 환함을 우리의 몸 어디에다 새겨둬야 했을까. 모래 혹은 자갈 속에서. 물결 혹은 물풀 사이에서. 해변은 기억으로 가득 차 있다. 걸음과 걸음은 얼굴과 얼굴을 데려온다. 무한히 전진할 수 있는 가능성을 시간이라 부를 때. 그러니까 해변은 무언가 잃어버리고 있는 것이다. 어제와 오늘의 구분 없이 조금씩 조금씩 가까워지면서 멀어지고 있는 것이다. 물음과 물음으로. 물거품과 물거품으로. 언젠가 가게 될 해변. 언제고 다시 가게 될 우리들의 해변.

풀을 떠나며

풀을 떠나며 생각한다. 미래는 풀을 버려도 어김없이 오는 것. 풀은 미래 없이도 흔들리고 흔들리는 것. 풀잎은 입말을 뒤덮고 있었다. 미래는 풀잎을 뒤덮고 있었다. 두 손을 펼쳤다 쥐어도 아무것도 잡히지 않는다는 것. 껴안을 수 없는 것이 천지를 떠돌고 있다는 것. 허공 혹은 공허. 풀이 떨어진 자리는 희미한 빛으로 젖어들고 있었다. 줄글로 내달리지 않는 것은 호흡과 호흡 사이로 문득문득 슬픔이 끼어들기 때문이다. 풀을 떠나며 미래를 생각한다. 걸음은 일정하지 않은 보폭으로 이어진다. 구르는 것들과 흐르는 것들을 내딛고. 언제든 열 수 있는 문이 있는 곳으로. 언제든 낼 수 있는 창이 있는 곳으로. 풀을 떠나며 셀 수 없는 풀줄기들. 다가가면 사라지는 경사와 굴곡이 있습니다. 두 손을 쥐었다 펼쳐도 아무것도 보이지 않는다는 것. 남겨진 것은 두 눈을 속이려고 주먹을 다시 쥐었습니다. 남겨진 것은 거울을 볼 수 있습니다. 남겨진 것은 되비추며 굴절되는 표면을 볼 수 있습니다. 남겨진 것은 슬픔을 적어 내려갈 수 있습니다. 남겨진 것은 들리지 않는 목소리를 받아 적을 수 있습니다. 남겨진 것은 슬픔이 무엇인지 붙박인 몸으로 알게 됩니다. 지나온 말은 과거를 향해 나아가지 않는다. 넘어지지 않는 풀들 위로 언젠가의 너의 말이 내려앉고 있기 때문이다. 듣기에도 보기에도 좋은 곳으로 나아가고 싶었지만 녹색의 물이 손바닥을 물들이고 있다. 침묵 혹은 침잠. 풀을 떠나며 밤을 건넌다. 풀을 밟으며 길을 지운다. 풀과 물이 이어진다. 물과 길이 이어진다. 길과 풀이 이어진다. 풀을 떠나며 다가오는 너를 생각한다. 가려진 얼굴에 드리워지는 표정이 있었다. 죽음은 죽음 아닌 조각을 내밀고 있었다. 꿈속의 길이 꿈 밖으로까지 흘러나왔다.

나무 공에 의지하여

피로를 모르는 마음이 나무 공을 굴리고 있다. 지칠 줄 모르고 종이 위를 구르는 돌멩이 곁을 피로를 모르는 나무 공이 스쳐 지나간다. 나무 공은 둥글고 나무 공은 병들고 나무 공은 돌아갈 수 없다. 나무 공은 나무로부터 온 작은 방울입니까. 나무 공은 방울에 속하지 않습니다. 나무 공은 지나간 계절로부터 도망 나온 지나간 열매입니까. 나무 공은 그 무엇으로부터도 도망치지 않습니다. 나무 공에 의지하여 쓰고 있다. 한 글자 한 글자 쓰고 있다. 바닥에서는 보이지 않는 빛이 떠오르고 있다. 들리지 않는 목소리가 떠다니고 있다. 이곳에 너와 나 말고 다른 무엇이 있는가. 희미하게 사라지면서 드러나는 무엇이 있습니다. 종이 위에 나무 공. 나무 공 위에 돌멩이. 나무 공에 의지하여 듣고 있다. 듣기 전에는 있는지도 몰랐던 붉은 새의 울음을 다시 기다리듯이. 의지할 것 없는 바람이 길바닥을 떠도는 작은 나뭇잎을 제 곁으로 데려오듯이. 흘려보낸 목소리처럼 흐릿한 문장 하나를 나무 공 위에 얹어둔다. 보이지 않는 창이 열려 있습니다. 닫힌 것은 열린 것을 필연적으로 끌어당긴다. 나무 공은 비틀거리고 나무 공은 미끄러지고 나무 공은 어제의 낯빛을 기억한다. 희미한 것이 희미한 것 그대로 밝혀지기를 바라는 마음이 있습니다. 종이 위에 돌멩이. 돌멩이 위에 나무 공. 나무 공에 의지하여 바라보고 있다. 잔디밭의 일요일이었다가. 이름 모를 새가 먹이를 찾는 아침이었다가. 혼자 울고 싶어 길고 긴 길을 따라 걷는 한낮이었다가. 땅 아래 너를 묻고 자꾸만 자꾸만 돌아보는 허공이었다가. 종이 위에 돌멩이. 종이 위에 돌멩이. 피로를 모르는 나무 공이 녹색 잔디밭 위를 구르고 있다. 돌멩이를 쥐고 우는 마음이 있었다. 쓰고 써도 채워지지 않는 백지가 있었다. 너와 나 외에 모든 것이 흐르고 있는 들판이 있었다.

작고 없는 것

한 열매가 맺히듯 태어나
죽고 썩고 사라진다

나무와 나무가 나란히 서서 숲을 만들고 있다
구름과 구름이 스며들어 하늘을 뒤덮고 있다

덮인 눈 위에
덮인 마음
위에 덮인 눈

사라진 줄도 모르고 사라진 것들에 대해 쓰고 있다

희고 검은
얼룩

종이를 짓누르는
연필의

만져보면 느껴집니다

없는 눈이 되어 없는 것을 바라볼 때
언젠가 바라보았던 것은 언제나 나의 눈이었고

살과 피와 표정과 목소리가
사라지고서야
느껴 아는
그것을

붉고 푸른
줄의

흔적

한번 긋고
지워 버린

지난한 날들의 어둠이
종이 위에 스며들도록

언어를 사용하고 있습니다

좀더 힘을 주어
누르고 눌러 부릅니다

무언가 남은 것이 있을까 하고
무언가 들린 것이 있을까 하고

그러니까
그것은 그것이었고

작고 없는 것
그것은 언제나 나였고

그러니까 돌이켜보면
나뭇잎과 나뭇잎은 흔들리는 나무였고
흔들리는 나무와 나무는 사라지는 숲이었고
사라지고 사라지는 눈앞의 나무는 언젠가의 너였고

결국 모르는 사이에 다시
나뭇잎과 나뭇잎으로 돌아가고 있었다

스쳐 지나온 날들이
구름과 구름으로 되묻고 있었다

뒤늦게 알고 울고 걸어갈 때
다친 마음이 닫힌 마음으로 흘러갈 때

작고 없는 것이 천지를 덮고 있었다

떨어진 나뭇가지를 밟으며 나아갔다

수풀 머리 목소리

수풀 머리는 고요하고 흙먼지 낮게 밀려온다

수풀은 머리가 없고 머리는 목소리가 아니어서
수풀을 향해 서서히 몰려오는 목소리들

여기 울고 있는 아름다움이 있어요
여기 울면서 멀어지는 아름다움이 있어요

말해지지 않을 장소를 가로질러
말해지지 않는 그 모든 사물들을 건너와

노면으로 떨어지는 빗줄기가 간신히 모이는 곳
둥지 아래 새들이 자꾸만 자꾸만 놓치는 나뭇가지 같
은 것

덤불과 자락과 더미 속에서
다발과 나락과 두려움 너머로

말하지 않으면서 말하는 목소리가

들리지 않으면서 들려오는 목소리로 맴돌 때

나는 당신의 누이가 아닙니다
누이를 떠나온 목소리는 수풀 머리를 향하고

묻어버린 말들은 모두 어디에 모여 있는가
모여 있는 말들은 모두 어디로 가고자 하는가

누군가를 돕듯 자기 자신을 도우려는 안간힘으로

울지 못한 마음이 수풀 머리 목소리로 밀려올 때
수풀 머리 목소리가 마음속 구덩이로 모여들 때

낮고 어두운 곳에는 먼저 떠나간 얼굴이 있어
목소리를 좇아 저 멀리에서부터 걸어오고 있는데

처음의 양떼구름

소년은 사라진 길을 가리킨다. 구름 아래에는 양떼들이 번지고 있다. 풀이 많았고 물이 많아서 소년은 양치기라고 불리었고, 소년이 양치기라 불리었으므로, 그 곁의, 양떼같이 뭉게뭉게한 털을 가진, 희고 작은 개 역시도 양치기 개라고 불리었고,

그사이, 사이, 사이,

다시 모양을 바꾸는 양떼구름들……

사라진 길을 걸어가면서, 소년은,
이것은 언젠가 보았던 그림 속 소년이 꾸는,
가장자리부터 접히며 사라지는 꿈속의 풍경 같다고

먼 나라에서는 희고 긴 성가복을 입은 소년들이
가슴에 작은 나무 십자가를 매단 채 성스러운 노래를
부르고 있다

언제까지나 언제까지나 끊이지 않는 돌림 노래처럼

사라지는 길 위에서 소년은 이제 목 언저리만 남아서
밤은 점점 길어지고 먹을 것은 점점 줄어들고

추위 곁에는 어느새 다가온 모닥불만이

사이,
다시 모양을 바꾸는 양떼구름들······

빈 들에 빈 들을 데려오면

빈 들에 빈 들을 데려오면
서서히 겹치면서 사라지는 어제의 빈 들

어제의 빈 들에는 사라진 꽃들이 있고
사라진 꽃들에는 사라진 잎들이 있고
사라진 잎들 속에는

주름들
구름들
먼지들

숨어 있는 벌레들

벌레는 잎으로부터 내려와
찬 바닥에 여리고 어린 배를 끌면서 기어가고

사라진 벌레들 위로는 사라진 눈 코 입
사라진 얼굴들이 떠오르면 따라오는 기억들

막차가 오듯 마차가 도착한다
박자가 끼어들고 마침표의 망설임

그것은 하나의 목소리인데
색으로 말하자면 엷은 살구의 살갗빛

목소리는 말한다
차가운 배에 손을 대어본 것처럼
차가운 비애에 얼굴을 적셔본 것처럼

시간은 다시 돌아올 거라고
결국 후렴구는 아름다워질 거라고

사각으로 다시 펼쳐 일정한 속도를 지켜내면서
선량한 발음들이 줄지어 음표 위를 흐르고 있기 때문에

망각이 망각을 불러온다고 쓰면
온전한 망각은 이제 있을 수 없고
오로지 망각 속의 망각을 오갈 수 있을 뿐으로

지옥도와 극락조 사이를 오가듯이

벌레는 언제든 어디든 갈 수 있습니다
온 생애를 다해 자신의 몸으로 밀고 가는 것이 무엇인
지도 모르는 채로
보이지 않아도 남겨지는 것이 있다는 것을 꽃들 잎들
나무들 구름들 바람들 길고 희미한 흔적들로 남기면서

빠른 노래와 느린 노래를 오가듯이

하나의 삼각형 속에는 네 개의 삼각형이 들어 있습니다
살구와 살구와 살구와 살구가 들어 있습니다

다시 박자가 끼어들고
음표와 음표 사이는 둥근 삼각형으로 넘쳐흐르고
목소리와 목소리는 아리고 아린 발음들로 채워지고

말하지 못했던 여운으로 여음으로

꿈결인 듯 꿈결인 듯 마차는 달리고

다시 한번 박자가 끼어들고
흰빛에 흰빛을 더하면 더욱더 환해지는 빛

빈 들에 빈 들을 데려오면
서서히 사라지면서 나아가는 오늘의 빈 들

꿈과 꼬리

사라지는 꼬리 속에 있었다. 바닥으로 긴 동물이 지나
가고 있었다. 바닥 없는 바닥이었다. 흔적 없는 흔적이었
다. 고개를 돌리면 꼬리 속에서 고개를 돌리는 꿈속이었
다. 꿈은 번지고 뒤늦은 자리는 허공을 향해 나아가고 있
었다. 마음을 따라 사방으로 나아갑시다. 마음의 목소리
를 따라 오늘을 놓아둡시다. 목소리는 몸이 없었다. 목
소리는 꿈이 없었다. 목소리는 다급하지 않았다. 목소리
는 고요하지 않았다. 목소리는 다만 죽어가고 있었다. 다
만 꼬리가 사라지듯 죽어가고 있었다. 그것을 잡지 마. 그
것은 얼었고 그것은 돌이킬 수 없는 것이다. 바닥으로 긴
동물이 지나가고 있었다. 긴 동물은 이를 수 없는 곳에
이르려고 하고 있었다. 얼굴 없는 얼굴이 모여 강가에 모
닥불을 피우고 있었다. 거슬러 갈 수 없다는 걸 알면서도
거슬러 가려는 마음이 있었다. 모닥불 곁으로 모여드는
너희들이여. 조약돌을 던지며 하루의 운세를 점치는 작
고 없는 것들이여. 우리들은 모두 한 사람의 내면의 아이
들이다. 한 마디 한 마디 말이 이어질 때마다 한 마디 한
마디 꼬리가 사라지는 꿈속이었다. 만지려는 순간 달아
나는 꼬리의 꿈속이었다. 긴 동물은 여전히 바닥을 기어

가고 있었다. 먹어도 먹어도 사라지지 않는 허기가 있습니다. 강은 여전히 울고 있었다. 강가를 따라 달리는 얼굴이 있었다. 바지 속 빈 다리를 펄럭이며 얼굴 없는 얼굴이 달리고 있었다. 거리를. 들판을. 어제를. 오늘을. 얼굴 없는 얼굴이 기어가고 있었다. 한 마디 한 마디 겹치며 물러나는 마음이 있었다. 한 번도 살지 않았으니 이제부터 살아도 좋지 않을까요. 사라지는 꼬리 속에 있었다. 울지 않는 얼굴들이 사라지는 꿈속이었다.

하얗게 탄 숲

목소리가 들려오자 또 다른 하나가 들어왔다. 하얗게 탄 숲입니다. 하나 하나 세고 있으면 붉게 탄 숲이 하얗게 탄 숲이 됩니다. 하얗게 탄 숲에서 하나 하나 누워 있었다. 베어버린 나무 곁에서 사과를 베어 물고 있는 하나가 있었다. 사과를 베어물 때마다 하나 하나 공기를 찢는 소리가 들려왔다.

공기를 찢는 소리.

그런 것은 없습니다.

종이를 찢듯 마음이 찢긴다는 말을 찢어버렸다. 가슴 깊이라고 말할 때 가슴의 깊이는 어디에 이를 수 있습니까. 하나 옆에 하나가 누워 있었다. 하나 옆에 또 하나가 누워 있었다. 누군가의 마음을 헤아려보려다 미움만 사고 말았습니다. 잠수부가 되어 돌고래가 되어 마음의 바다를 헤엄쳐보면 하나의 마음을 알 수 있을까요.

마음의 바다.

그런 곳은 없습니다.

말을 하기엔 너무 환한 숲이었다. 한 마디 위에 한 마디를 얹기엔 하나 하나의 말이 너무 하얀색이었다. 하나와 하나 사이로 비탄과 감탄과 괴로움과 서러움이 흐르고 있었다. 먼지를 털듯 마음을 털고서 하나가 일어났다. 하나의 마음을 지우자 마음의 바다도 사라졌다. 마음의 바다가 사라지자 마음의 깊이도 사라졌다. 하얗게 탄 숲을 하나 하나 떠나가고 있었다. 하나 하나 떠나가면서 붉게 붉게 타오르고 있었다.

피라미드와 새

　피라미드는 공교롭고 매로부터 달아난다. 매는 멀지 않으며 겹눈을 가지고 있다. 삶을 다 쓰고 나면 무엇을 당겨 써야 하나요. 단것을 달고 사는 이유는 그것이 값싸고 흔하고 손쉽기 때문이다. 후회와 함께 너는 살찌고 매는 하나의 정신으로서 멀어진다. 소유할 수 없는 계단들 위로 한 발 한 발 얼음이 언다. 보이지 않는 깊은 곳에는 미로가 있고 가보지 못한 높은 곳에는 위로가 있다. 날지 못하는 날개는 무섭게 무겁고 피라미드의 모서리는 나날이 닳아간다. 너의 삶은 흔들리는 원추의 곡선으로 나아갔다 돌아온다. 낮은 곳으로 임하는 목소리가 있어 무릎을 꿇고 머리를 숙이면 바닥으로부터 흘러나오는 것은 누구의 울음인가. 날아가는 새의 눈은 감정을 흘리지 않고 명료한 삶은 언제까지나 요원하다. 나는 온종일 나와 나와 나와 있습니다. 너는 없는 새와 없는 피라미드 곁에서 뜬눈으로 꿈을 꾼다. 돌이킬 수 없는 것을 돌이키려는 꿈이 있습니다. 이제는 사라지고 없는 매. 이제는 날지 않는 어제의 매. 없는 새의 있음으로 공간은 희미한 날갯짓 소리를 간직한다. 없는 사물의 있는 감정으로 어떤 장소는 과거에서 미래로 영원토록 이어진다. 꿈에서 깨어나듯 실눈을 뜨고 한낮의 어둠 속에서 창밖의 해를 바라보면 새의 눈과 마주치는 기쁨을 문득 누릴 수 있을 것인가. 마주하는 마음과 마음이 그려내는 흐릿한 무늬가 벽을 타고 가만히 흘러내리는 기적을 만날 수 있을 것인가. 닿을 수 없는 중심의 미로를 향해 새는 오늘도 날아간다. 수다한 속삭임으로 되살아나는 것은 내뱉지 못했던 어느 날의 사소한 입속말들. 너와 나의 비밀은 모서리부터 닳아가면서 다시 태어난다. 정신은 보이지 않는 것이어서 날개 없이도 날아갈 수 있습니다. 꼭대기로부터 빛을 받아 흘러내리는 것을 너는 피라미드라고 불렀다. 그 곁으로 반짝이며 날아가는 그림자가 하나 있어 새는 매로부터 달아난다.

풀이 많은 강가에서

풀이 많은 강가에 너는 서 있다. 풀이 많은 강가에는 그림자가 많고. 풀이 많은 강가에는 그리움이 많다. 풀이 많은 강가에는 더듬는 되울림이 많고. 풀이 많은 강가에는 덧없는 되새김이 있다. 풀이 많은 강가에는 모래알이 많고. 풀이 많은 강가에는 조약돌이 많다. 조약들의 표면 위로 물방울이 말라간다. 조약돌과 물방울은 해 아래 나란하다. 물방울 속에는 무지개. 무지개 속에는 어머니. 어머니는 머리가 하얗고 기도를 한다. 기도와 노래가 순간의 순간을 되살릴 때. 풀이 많은 강가에는 이름 모를 벌레들이 많고. 벌레들 속에는 울음이 가득하다. 울음이 울음일 때 풀벌레는 여럿인 채로 하나이고. 울음이 울음을 벗어날 때 풀벌레는 하나인 채로 여럿이다. 죽을 자리를 찾아들듯 벌레들은 강가로 강가로 날아들고. 공기가 차가워지면 하나둘 왔던 곳으로 사라진다. 풀이 많은 강가에 너는 서 있다. 시간 먼지 구름. 시간 먼지 구름. 자꾸자꾸 잊으면서 자주 많이 존재해야 합니다. 바람과 함께 하나둘 목소리가 불어온다. 풀과 풀 사이의 거미줄 위로 아침의 햇살이 내려앉는다. 거미줄과 거미줄 사이에는 조각조각 난 공간이 있다. 공간과 공간이 겹쳐 흐르는 곳에 어제의 조약돌이 놓여 있다. 조약돌과 조약돌이 물방울과 물방울로 맺혀 있다. 풀이 많은 강가에 너는 서 있다. 풀이 많은 강가에서 너는 조약돌과 물방울과 풀벌레와 어머니와 나란히 함께 흐른다.

가장 나중의 목소리

부른다. 목소리. 점자를 읽어 내려가는 소녀의 손가락. 소녀는 늙어가고 점자는 흐려진다. 손가락. 닳아가는 손가락. 손가락은 듣는다. 얼룩과 눈물. 숨결과 속삭임. 선과 선을 그리는. 원과 원을 따라가는. 간격과 간격 사이에서. 흔적과 흔적 너머에서. 연기. 피어오르는. 희미한 몸짓. 들려온다. 목소리. 닳아가는 것. 너는 양의 가죽으로 만든 구두를 신고 이국의 거리를 걷고 있는 너를 본다. 공기. 푸르고 투명한. 아니다. 잿빛. 어둡고 투박한. 목소리. 흐른다. 시간이 세월이 되기 위해 흘렀던 눈물이 있었고. 음률. 느리고 낮은. 읊조리는. 목소리. 흐르면서 사라지는. 가슴을 치는. 목소리. 부른다. 이름을. 부른다. 목소리. 점자를 읽어 내려가는. 손가락. 모퉁이를 돌면 나타나는 그림자. 이국의 거리에는 이국의 얼룩이 맺혀 있고. 너는 영원을 보는 얼굴로 거리를 걷고 있는 너를 본다. 양의 가죽으로 만든. 구두는 닳아간다. 밤과 낮이 이어진다. 소녀와 노파가 스쳐 지나간다. 말과 말이 겹쳐 흐른다. 목소리. 들려온다. 푸른색이다. 다시 밝아지기 직전이다. 세계는 침묵 속에 잠겨 있다. 너는 성모 마리아상을 올려다본다. 얼굴은 희고 맑았다. 아니다. 얼굴은 보이지 않는다. 소리 없는 소리로 얼굴은 바닥을 내려다본다. 다다른 곳은 모퉁이의 어두움. 양의 목소리가 들려오는 곳은 막다른 언덕이다. 부른다. 목소리. 점자를 읽어 내려가는 노파의 손가락. 읊조림. 느리고 낮은. 노파는 소녀의 목소리를 덧입고. 양의 가죽으로 만든 구두를 덧신고. 이국의 거리를 걷고 있는 잔영이 있다. 과거를 일깨우며 스며드는 슬픔이 있다. 모퉁이를 돌면 사라지는 그림자. 벽과 벽 사이. 눈꺼풀과 눈꺼풀 사이. 막다른 음률. 흐르는 걸음. 닳아가는 것. 너는 영원을 보고 있고 나는 영원을 보고 있는 너의 얼굴을 보고 있다. 시간과 시간이 겹으로 흐르고. 페이지를 넘기면 오래전 그어놓은 밑줄이 있다. 부른다. 목소리. 양의 가죽으로 만든. 이국의 구두 위에 내려앉은 이국의 구름. 탁자 위에는 먼지를 뒤집어쓴 오래된 기별이 놓여 있다. 아니다. 흐려지는 움직임. 목소리. 안으로부터 흘러나오는. 눈물은 막다른 곳으로 흐른다. 점자를 읽어 내려가는 손가락. 종이의 요철 위로 오래전 걸었던 이름 모를 광장이 나타나고. 푸른색. 다시 밝아지기 직전이다. 너는 새벽의 푸른빛에 얼굴을 씻고 있는 너를 본다. 죽음 이후의 눈꺼풀 속에는 흰빛이 있다. 비어 있는 공간으로 그림자가 나아간다. 떠나왔던 장소 위로 떠나왔던 얼굴이 겹쳐 흐른다. 사람이 아닌 얼굴이었다. 세상이 아닌 그늘이었다. 아름답고 가득했다. 환하고 어두웠다. 잊었던 빛이 되돌아오고. 네 속으로부터 솟아나는. 목소리. 몸으로부터 떠나온. 소녀와 노파는 양의 가죽으로 만든 구두를 신고. 영원을 보는 얼굴로 거리를 걷는다. 부른다. 목소리. 되돌아오는 목소리. 잊히지 않는 음운으로 도착하는. 목소리. 감은 눈 속에서 번지며 들려오는. 목소리. 가장 나중의 목소리.

열매의 마음

먹이를 주는 세계의 작은 열매를 주워 들고 간다. 열매
는 붉고 가지는 꺾여 있었습니다. 열매는 말이 없는데 나
는 열매의 마음을 듣고 있다. 꺾여 있는 가지 위에 아픔
이라는 말이 얹히고 있다. 언젠가 속해 있었던 나무에 대
해. 언제고 떨어져 나온 꽃에 대해. 산등성이로 내려앉는
빛은 나무와 나무의 마음이었다. 나무와 나무는 흔들리
면서 무언가를 떨구고 있었다. 열리는 말들이 맺히는 시
간이다. 맺히는 말들이 풀리는 시간이다. 순하고 고운 눈
이 단단한 알맹이로 나아갑니다. 눈을 들어 산등성이를
보면 누군가 무언가 사라진 여백으로 가득하다. 남겨진
네가 남겨진 열매 곁으로 옮겨 가고 있었다. 열매는 빛을
발하고 있었다. 마음은 회전하고 있었다. 꽃이었다가 잎
이었다가. 물이었다가 얼음이었다가. 계절은 돌고 돌아
산비탈의 돌멩이로 쌓이고 있었다. 지나온 흙은 뿌리와
잎과 가지를 품고 있었다. 산등성이는 아무도 모르는 색
을 가지고 있었다. 오늘의 흙 위에 오늘의 몸이 씌어지고
있었다. 맺히고 떨어지다 다시 열리는. 나무로 돌아가듯
위로 위로 올라가는 마음이 있었다.

나무는 잠든다

나는 네가 더 이상 그곳에 있지 않다는 것을 안다. 나는 네가 나무 속에서 잠자고 있다는 것을 안다. 두 손 들고 하늘 향해 잠자는 나무. 나는 나무 속에 잠긴 채 감겨 있는 너의 눈을 본다. 두 발은 흙 속에 잠겨 있다. 잠겨 있는 것은 목소리가 아니다. 담겨 있는 곳은 나무가 아니다. 너는 나무 속에 묻힌 채 점점이 자라나는 나무의 눈을 바라본다. 나무의 눈을 바라보면서 점점이 나무의 눈이 된다. 나무의 눈은 바라본다. 나무의 눈은 안아준다. 나무의 바깥에서는 비가 내린다. 정지된 것 위로 무언가 흐를 수 있다는 듯이. 흐르는 것 위로 무언가 정지될 수 있다는 듯이. 나무의 눈은 바깥을 바라본다. 바깥을 바라본다는 것은 이미 안을 들여다본 적이 있다는 것. 이미 안을 들여다본 적이 있다는 것은 다시 한번 더 안을 들여다볼 수 있다는 것. 비는 바깥에서 두 손을 늘어뜨린다. 늘어뜨린 손 아래로 그림자의 바닥이 생긴다. 그림자의 바닥이 안과 밖을 데려온다. 안을 들여다보면 너는 더 이상 그곳에 잠들어 있지 않다. 더 이상 그곳에 있지 않다는 것. 더 이상 그곳에 놓여 있지 않다는 것. 더 이상 그곳에서 말하지 않는다는 것. 더 이상 그곳에서 노래하지 않는다는 것. 더 이상 그곳에서 웃지 않는다는 것. 더 이상 그곳에서 울지 않는다는 것. 그곳에 있지 않다고 말하면 그것을 잊지 않을 수 있을 것인가. 그것을 잊지 않을 수 있다고 말하면 그것은 다시 다가올 것인가. 나무의 바깥은 나무의 여백으로 가득하다. 나무는 나무로 흐르면서 잠들어 있는 너를 옮긴다. 멀어진다 말하지 않으면서 멀어지는 나무들처럼. 나무는 잠든다. 너는 흐른다. 나는 안아준다. 부르지 않아도 문득 다가오는 나무들처럼. 나는 네가 더 이상 그곳에 있지 않다는 것을 안다. 나는 네가 나무 속에 잠들어 있지 않다는 것을 안다.

남아 있는 밤의 사람

그러니까 아직 밤은 남아 있다. 아직 밤을 이루는 별들
도 별을 이루는 먼지도 먼지를 이루는 시간도 남아 있다.
서둘러야 한다. 우리는 꿈을 꾸는 사람이다. 이제는 없는
너의 목소리가 들려온다. 초록과 강은 끝없이 흐른다. 꿈
과 숨은 구름처럼 흘러넘친다. 눈과 보라는 다시 만날 수
없다. 피지 않은 꽃과 씌어지지 않은 종이는 모르는 아름
다움을 증명한다. 해가 지기 전에 보아야만 하는 아침 이
슬들. 해가 뜨기 전에 들어야만 하는 저녁 어스름. 시간
은 서둘러 가고 있다. 너의 목소리는 내 주머니 속에 들
어 있다. 네가 사라진 자리에는 구체적인 사건이 없고 구
체적인 생활이 없고 구체적인 풍경이 없다. 머리카락은
자라나고 고무줄놀이를 하던 아이들도 어느 결에는 놀이
를 멈춘다. 그러나 여전히 너의 목소리는 남아 있다. 부
르려 했던 음들과 가려고 했던 길들의 여음이 길게 이어
지고 있다. 겁도 없이 낯선 이에게 다가가는 어린 고양이
야. 방울을 흔들며 꼬리부터 사라지는 여린 색깔아. 세상
의 그 모든 신비를 보고 싶어 했던 작고 흐린 무늬야. 발
음하는 사물 사물들마다 제 이름을 찾아주려던 주린 가
슴아. 이제는 다시 새길 수 없는 너의 그림자 위로 죽음

에 가까워져도 어떻게 살아야 할지 모르는 나의 어둠이 겹쳐 흐른다. 우리가 몇 개의 음표를 사이에 두고 이쪽과 저쪽의 악보로 나뉘게 되었을 때. 우리들의 익숙한 골목을 가로지르는 저 개들의 무심한 눈빛과 더는 살아날 가망이 없는 이파리들을 가만가만 흔드는 저 너머의 아지랑이. 그러니 아직 밤은 남아 있다. 그러니 아직 건너갈 낮은 남아 있다. 이루지 못한 너의 표정들이 채우지 못한 나의 건반과 건반 사이를 흐르지 못한 음과 음으로 건너가고 있다. 한 줄 한 줄 몰려왔다 물러나는 물과 불과 흙과 공기. 그러니까 서둘러야 한다. 우리는 꿈을 꾸는 사람이다. 내내 달려가는 개들의 걸음과 이내 사라지는 아지랑이 곁으로 미처 들려오지 못한 너의 목소리가 내려앉을 때. 한 걸음 한 걸음 사라져간 박동을 되짚어가듯. 매일매일 오는 밤 속으로 더 이상 나타나지 않는 별들의 호흡을 헤아리면서. 그러니까 아직 밤은 남아 있다. 아직 밤을 이루는 울음도 울음을 이루는 걸음도 걸음을 이루는 숨결도 남아 있다.

우리는 밝게 움직인다

우리는 밝게 움직인다. 길 없는 길을 걸어가면 신사를 만난다. 신사는 빈 공간이 많고 영적인 기운을 드러내며 양복을 차려입기도 한다. 신수가 좋아졌다는 말을 듣기란 신수가 좋아졌다고 말하는 사람을 만나는 것만큼이나 어렵다. 우리는 밝게 움직인다. 신사란 지나치게 열심히 걷지 않으며 동시대를 비추지 않는다. 동시대는 다수의 취향과 비껴가는 소수의 일상으로 유지된다. 우리는 밝게 움직인다. 말라가는 물방울이 끝없이 이어진다. 눈길에 어린 것을 따라간다. 점선으로 흐르는 말. 점선으로 흐르는 말. 문장부호 같은 표정이 하나하나 떠오른다. 우리를 닮은 도형을 불러들인다. 전진하는 모서리. 전진하는 모서리. 추위를 향하는 어루만짐이 있다. 희고 둥근 겹은 꽃을 닮아가고 있다. 우리는 온순하지도 검지도 않지만 매일매일 꽃을 기른다. 매일의 꽃은 어딘가에 꽂혀 있고 조금씩 색을 잃으면서 바닥으로 향한다. 바닥에서 눈길로 눈길에서 옷깃으로 옷깃에서 깃발로. 회전하면서 커져가는 타원형. 회전하면서 커져가는 타원형. 우리는 밝게 움직인다. 내뱉는 말과 말 사이에 이상한 어울림이 있다. 얼굴 뒤에 숨긴 몇 겹의 어둠을 종이 위에 내려놓는다. 낮고 깊은 낱말 속에서 우리는 은둔자처럼 며칠을 지낸다. 뒤섞이는 눈빛. 뒤섞이는 눈빛. 눈길에 어른어른 어리는 것은 비밀의 장소에 두고 온 어린 날의 눈빛. 낯빛을 말갛게 씻으면 내면의 아이를 만날 수 있을 것도 같다고. 두드리는 표면. 두드리는 표면. 서로의 밑바닥을 보여주면서 서로에게 다가간다. 서로의 민얼굴을 쓰다듬으면서 서로로부터 멀어진다. 문장과 문장 사이의 휴지기 속에서 우리는 밝게 움직인다. 괄호와 괄호의 말들을 주고받으며 우리는 밝게 움직인다. 예측할 수 없는 내일의 날씨를 앞당겨 기록하며 우리는 밝게 움직인다. 우리 안에 우리가 없음을 숨기지 않으며 우리는 밝게 움직인다. 가로수와 맞닿은 가로등을 가로지르며 우리는 밝게 움직인다. 반복하려는 말을 고집스레 반복하며 우리는 밝게 움직인다. 곁눈으로 바라보는 겹눈. 겹눈으로 바라보는 곁눈. 창은 열려 있고 고개를 들면 날아가는 새 떼들. 거리를 걷다 문득 눈물을 쏟는 한낮이 있다. 오래오래 울고 일어나 어딘가로 휘적휘적 걸어가는 걸음이 있다. 꽃. 붉은. 향기. 흩날리며. 어둡고. 사이. 사이. 드나드는. 환하게. 빛. 움직임. 줄기. 몇. 고요하고. 정적. 휘돌아. 나가는. 나뭇잎. 모서리. 돌멩이. 부서진. 이미. 뒤늦은. 거리.
거리. 남겨진. 되찾을 수 없는. 너와. 나. 아닌. 것들의. 기
억. 속으로. 휘어지는. 공기. 휘어. 지는. 공기. 휘. 어. 지.
는. 공. 기. 불안의 말들을 받아 적으며 우리는 밝게 움직
인다. 행성의 폭발을 걱정하지 않으며 우리는 밝게 움직
인다. 닿을 수 없는 언덕을 떠나며 우리는 밝게 움직인다.
펄럭이는 삼각형. 펄럭이는 삼각형. 멀리 신사 쪽에서 불
길이 일렁인다. 밤하늘의 저쪽이 일순 환하다. 번지는 빛
을 가득 받으며 우리는 밝게 움직인다. 기쁘게 사라지며
우리는 밝게 움직인다.

새들은 어서 와요

새들은 어서 와요
새들은 어서 와서 쉬어요
며칠은 길고 언덕은 늘어나고
이제는 없는 것을 따라가면
꽃은 시들어가는 것
들어가도 될까요
물들어도 될까요
막다른 곳으로 가듯 길을 나서면
숨 쉬고 있다는 사실에 도착하게 되는 것
믿어도 된다고 묻어도 된다고
걸음을 되돌리며 건네는 말이 있어
두려움이란 말은 더는 쓰지 않는 말
새들은 어서 와요
빛은 이곳으로 들어와요
꿈에 들어와 조용히 눕는 것은
이제는 없는 옛날의 어머니
예쁘고 정답고 꿈 많은 어머니
숨바꼭질하듯 숨어버려서
이제는 찾을 수 없는 나무 그늘 아래

새들은 이리 와요

빛 한가운데로 와서 편히 누워요

누워서 쉬어요 쉬었다 날아올라요

연기처럼

세월처럼

어제처럼

회오리치는

순간의

기적처럼

드러누운 자리에는 그림자의 기척이 있어

이제는 돌이킬 수 없는 죽은 묘목 사이로

얼굴은 얼굴로 슬퍼지네 슬퍼지네

깃털은 깃털로 반짝이네 반짝이네

볕이 들어와 부서져도 모를 마음은

온통 어두워 기울어지는 마음은

날아올라 날아올라

새들은 이리 와요

이리 와서 쉬어요

쉬다가 쉬다가

이내 무너져 이내 무너져

두려움 없는 오늘의 마음은

믿기지 않아

빛나지 않아

들어가고 붙잡고 나아가도

다시금 내려앉는 언덕의 빛

두려움을 버리는 옆의 자리에

힘을 내어 공명하는 순간의 소리가 있다고

마주 잡은 손 젖어드는 눈빛이 있어

거울 같은 일은 다시 일어나지 않아도

이리로 와요

이리로 와서 쉬어요

쉬었다 쉬었다 날아올라요

두려움 없는 새들은

두려움 없는 오늘의 새들은

발화 연습 문장
—그리하여 흘려 쓴 것들

혼자이기 위해 집으로 가듯 너는 쓴다. 종이 위에서 쓴다. 흘려서 쓴다. 자신에게조차 발각되어서는 안 된다는 듯이. 팔분음표에 하나씩. 한 걸음에 하나씩. 천천히 일정한 박자로. 끊어지듯 이어지며. 이어지듯 끊어지며. 어떤 기계음처럼. 단속적으로. 소리 아닌 소리로 발음되기를 바라면서. 발화자의 입술은 굳게 닫혀 있다. 문이라는 듯이. 그리움이라는 듯이. 열고 열리는 마음이라는 듯이. 마음은 통과한다. 기억은 건너뛴다. 너는 너라고 썼다가 지운다. 너는 나라고 썼다가 지운다. 인칭은 끝없이 나아간다. 일인칭에서 이인칭으로. 이인칭에서 삼인칭으로. 삼인칭에서 다시 일인칭으로. 너는 여러 겹을 가진 인칭 속으로 숨는다. 여러 겹의 목소리는 여러 겹으로 드러나게 된다는 것을 알면서도. 너는 어떤 주어 속에 숨는다. 너는 어떤 술어 속에 숨긴다. 숨기기 쉬운 방식으로 서술되는 것. 서술되는 양식 그대로 변모되는 것. 변모되는 형식 그대로 변주되는 것. 목소리는 전진한다. 목소리는 굴절된다. 내면에서 내면으로. 국면에서 국면으로. 나는 지금 임의의 선분을 사이에 두고 나에게 말을 거는 연습을 하고 있다. 하나의 선분 너머로 이쪽과 저쪽이 생겨났으므로.

각각의 자리에 의자를 하나씩 놓아둔다. 고통이 있는 자리에 마음이 있다고 말해도 됩니까. 마음이 있는 자리에 고통이 스미고 있다고 다시 말해도 됩니까. 입 없는 발화자와 귀 없는 내담자 사이에서. 나는 지금 무언가가 무언가를 투과하는 것을 보고 있다. 상상할 수 있는 것은 오고 가는 입방체의 사랑 같은 것이었으므로. 얼굴은 반쪽. 사과로 나뉘는 것. 사과는 나뉘고 그것은 조금 슬픈 기쁨을 줍니다. 조금 슬픈 기쁨을 받으면 두 볼은 붉게 물들고. 물드는 동안은 무언가 잊을 수 있습니다. 사과가 자꾸만 나뉘는 것은 열어볼 수 있는 속살이 필요했기 때문이다. 어루만질 수 있는 표면을 갖고 싶었기 때문이다. 너는 종이 위로 끝없이 끝없이 목소리를 불러들인다. 흘려쓴 글자들은 왼쪽 끝 맞춤으로 속속 도착하여 정렬되고 있다. 몇 개의 자음과 몇 개의 모음이 겹쳐 흐르기 시작하고. 목소리와 목소리가 더해질수록 어두워지는 어제의 입말들. 보이지 않는 것을 보고 있었으므로. 들리지 않는 것을 듣고 있었으므로. 다시금 새롭게 보이고 들리는 장면들이 끼어든다. 고르지 않은 노면의. 갈라진 틈에서. 자라나고. 있는. 뿌리를. 내리며. 자꾸만. 자꾸만. 자리를. 벗

어나는. 풀잎들. 꽃잎들. 어둡고. 좁은. 배수관을 타고. 흘
러내리는. 물줄기들. 한낮의. 나무. 그늘 속. 잉잉대는 말
벌들의. 가엾는. 한없는. 날갯짓. 차양막을 뚫고 들어오
는. 헤아릴 수 없이. 멀리에서부터 오고 있는. 아직도. 도
착하지 않은. 머나먼. 아침 빛의 투과율. 중단된. 생각이.
다시. 이어지는. 궤적을. 가리키는. 손가락들. 자포자기의
말을 내뱉기 직전의. 누구에게도 받아들여진 적 없는 사
람의. 눈빛들. 낯빛들. 움츠러드는. 휘굽어드는. 구름 너
머 닫힌 어깨로 둥근 나무 꺾임. 자신도 모르게 뒷걸음질
치는. 두려움을 바라보는 두려움. 돌멩이를 바라보는 돌
멩이. 눈동자를 바라보는 눈동자. 유일한 사라짐으로 유
일하게 남으려고 했던 헛된 욕망들. 손톱 위의 흰 반점이
생기기 이전의 시간으로 거슬러 올라감. 흘려 쓴 것들. 흘
려 쓴 것들. 흘려 본 것들. 흘려 본 것들. 환각. 환청. 환촉.
환시. 숨겨둔 목소리를 받아 적는 너의 손가락은 점점 떨
리고. 불안이 잦아드는 동안 삼켜야만 했던 알약의 종류
와 숫자는 점점 더 늘어났으므로. 언젠가부터 불안을 숨
기는 대신 떨리는 손가락을 숨겨야만 했고. 너 자신도 알
수 없는 병의 이름들에 잠식당할수록. 그렇게 늘어만 가

는 병명으로 네 존재를 규정당할수록. 보이지 않았고 들리지 않았던 사물과 사건들이. 오래도록 부당한 이름과 증후들을 뒤집어쓴 채 숨죽여왔음을 더욱 뚜렷이 인지하게 되었으므로. 흘려 본 것들. 흘려 본 것들. 복도와. 짐칸과. 계단과. 골목 사이에서. 흘려 쓴 것들. 흘려 쓴 것들. 후회와. 반성과. 원망과. 자책 속에서. 딱딱하고 각진 낱말들을 발음하면 왜 그런지 깨어 있는 기분이 듭니다. 어둠 속에서 써 내려가듯 흘려 쓴 글자들은. 그리하여. 젖어 있다. 울고 있다. 깊은 밤 잠의 한가운데에서 문득 깨어나. 너를 지나쳐 간. 너를 지나쳐 온. 너의 전 생애를 증거하는 듯한. 암시하는 듯한. 꿈의 풍경을. 과거와 현재와 미래가 뒤섞인 어떤 문장을. 받아 적으려고 했으나. 종이 위로 옮기려는 순간 무연히 사라져버리곤 했던. 그 모든 형체를 알 수 없는 자음과 모음들처럼. 흘려 쓴 글자들은. 머뭇거리고 있다. 멈칫거리고 있다. 그리하여 너는 다시 흘려 쓴다. 놓쳐버린 그 문장의 질감 그대로를 재현하기 위해서는 사라져버린 속도 그대로 뒤쫓아가야 한다는 듯이. 아주 짧은 순간 네가 보았던 그 문장들을 되찾기 위해서. 네 의식의 저 깊은 곳으로 흘려버린 그 목소리들을 되짚기 위해서. 발견되기를 바라며 흘러들듯 숨어버린 그 목소리들을 다시 불러들이기 위해서. 오직 너 자신만이 밝혀낼 수 있는 꿈의 내용을 오직 너 자신만이 써내려갈 수 있는 문장 위에 얹어두기 위해서. 문장이 되지 못한 꿈의 세부가 있다는 사실이야말로 잃어버린 낱말들로만 밝혀낼 수 있는 어떤 너머가 있다는 말이었으므로. 말할 수 없는 바로 그 자리야말로. 너의 말들과 말들이. 살고 있는 곳이었으므로. 살아 있는 곳이었으므로. 살게 하는 것이었으므로. 그리하여 너는 말하지 않는 입으로 다시 흘려 쓴다. 네 속에 묻혀 있는 어떤 말들을. 사무치고 사무치는 그 말들을. 그리하여 흘려 쓴 글자들 속에서. 너 자신도 알아볼 수 없는 몇몇 글자들로 인해서. 꿈의 기억은 꿈의 기록으로 읽히기 시작했고. 꿈의 기록은 꿈의 가족이 되었고. 꿈의 가족이 된 꿈의 기록은 오래 간직해온 고통을 내면으로 내면으로 불러들였고. 고통은 그렇게 자꾸만 자꾸만 불러들여야만 끝난다는 것을 알았으므로. 너는 스스로에게도 들리지 않도록 깊숙이 숨겨둔 바로 그 말들을 하나하나 내뱉기 시작했고. 그렇게 꿈의 가족은 꿈의 가죽이 되어 너의 말들을 부드럽게 받치

고 있었으므로. 다시. 이쪽에서 저쪽으로. 저쪽에서 이쪽
으로. 하나의 공이 흘러가듯이. 하나의 공이 흘러오듯이.
닫혀 있는 입을 대신하여 낱말들은 또 다른 낱말들로 사
라지면서 흐르고 있었고. 그렇게 영원히 오고 가는. 어떤
움직임만이. 어떤 방향성만이. 발화의 자리를 대신하고
있었으므로. 선분의 이쪽과 저쪽에서 자꾸만 나뉘고 있
는 것은 조금 슬픈 기쁨을 주는 사과가 아니라 오래전 묻
어놓은 나의 얼굴들이었고. 그때 나는 나를 감싸고 있었
던 어떤 오래된 공기를 느꼈고. 공기는 외부로 흐르기 이
전에 내부로부터 먼저 얼어붙을 수 있는 것이라고 이해
했고. 사람은 진흙처럼 흘러내릴 수 있다는 사실을 바닥
으로부터 받아들였고. 그러므로 그것을 그것으로 다시
빚을 수 있습니까. 그러므로 그것을 그것으로 다시 되돌
릴 수 있습니까. 진흙은 여기에서 그리고 저기에서 무수
한 가능성으로 흘러내리고 있었다. 흘러내리면서 보여주
고 있는 것은 시간의 틈새였고. 시간의 시선만이 시간 속
을 가만히 열고 들어갈 수 있다고 믿었으므로. 너는 시간
에게 너의 눈과 코와 입을 빌려주었고. 그리하여 시간은
무수한 목소리를 뒤집어쓴 채로 뒤집히고 뒤덮이고 있

었으므로. 너는 밤의 간격과 낮의 입술로 이쪽 의자에서 저쪽 의자로 다시 옮겨 앉는다. 너를 흔들어 깨우러 오는 말을 보고 싶다고 쓰면서. 울면서 넓어지는 마음을 만나고 싶다고 쓰면서. 팔분음표에 하나씩. 한 걸음에 하나씩. 너는 지금 발화 연습을 하고 있다고 했다. 너는 지금 발화 연습 문장을 쓰고 있다고 했다. 노래가 되지 않으려는 읊조림처럼. 단속적인 말의 속도로. 어디선가 단선율로 흐르는 축복송이 끼어든다.

발화 연습 문장
―마지막으로 쥐고 있던 실

　나는 들었다. 그것을. 그 실을. 마지막으로 쥐고 있던 실. 너는 너와 내가 실을 쥐고 있다고 믿었으므로. 너의 마지막 또한 그러했으리라고 짐작한다. 너와 내가 쥐고 있던 실. 마지막으로 쥐고 있던 실. 붉은 실. 닳아가면서 희미해지는 실이 있었고. 희미해지면서 끊어지는 길이 있었고. 쥐고 있으면서도 쥐고 있다는 사실을 모르는 그 모든 것들이 그러하듯. 나는 뒤늦게 들었고. 나는 뒤늦게 짐작한다. 그것이 과연 무엇이었는지. 그것을 나누는 것이 과연 어떤 일이었는지. 나누어 쥐고 있는 실의 한쪽 끝을 누군가 영원히 잡고 있는 것이 어떤 일인지를. 너는 알지 못했고. 아니. 나는 알지 못했고. 어쩌면 알지 못한다는 그 사실로 인해 너와 나는 오래오래 연결될 수 있었고. 오래오래 나눌 수 있었고. 그때 우리는 알고 있었습니다. 길 속에 길을. 길 속에 길을. 내고 내고 내고 내면서. 걷고 걷고 걷고 걸어가면. 가려는 그곳으로 어느 날에는 도착할 수 있다는 것을. 도착하게 되는 것은 붉고 둥근 열매의 안이었고. 열매는 속으로 속으로 들어앉는 것이었고. 열매는 자꾸만 자꾸만 죽어가는 것이었고. 붉은 것은 눈시울만이 아니어서. 나아가는 것은 마음만이 아니

어서. 머리와 머리를 만져봅시다. 주름과 주름을 들여다
봅시다. 피부와 피부를 쓰다듬어봅시다. 그러나. 말의 호
흡보다 더욱더 빨리 느슨해지고 있는 실을. 조금씩 조금
씩 줄어들고 있는 실의 긴장을. 천천히 천천히 사라져가
는 실의 실감을. 지나온 감정들이 실타래처럼 엉켜 있다
고 말하면서. 조각났다고 전해지는 마음들을. 찢기었다
다시 붙은 살처럼. 부러졌다 다시 붙은 뼈마디처럼. 이전
보다 단단해진 말들을 말아 쥔 손가락 사이에 숨겨놓았
으나. 이전보다 단단해진 말들은 어느새 새어 나와 이전
의 연약한 말들을 소외시키고 있었고. 새로운 자리를 발
견하려면 새로운 그림자를 좇아가야 한다. 꿈속에서 너
는 말했으므로. 그것은 의지와 무관한 쪽에 앉아 있게 되
는 것이잖아요. 그것은 흔들리고 흔들리는 것이잖아요.
그것은 잃어버리고 잃어버리는 것이잖아요. 서로의 가장
허약한 면을 발견하게 됐을 때 비로소 시작되는 어떤 사
랑들처럼. 나는 보았고. 나는 들었다. 더 이상 들리지 않
는. 더 이상 보이지 않는. 붉은 실을. 둥근 실을. 무언가
끊어진 후에야. 실감을 하게 되는 어떤 실을. 하나의 손이
하나의 실을 놓쳤으므로. 더 이상 따라갈 수 없는 높이와

깊이로 스며들었으므로. 붉은 실. 마지막으로 쥐고 있던 실. 남겨진 자리에 놓인. 실의 균열을. 실의 경련을. 나는 들었다. 그것을. 그 실을. 마지막으로 쥐고 있던 실. 붉은 실. 들었다. 그것을.

발화 연습 문장

—어떤 고요함 속에서 곡예하는 사람을 위한 곡을 만드는 사람을 떠올리는 밤

제목과 무관한 문장으로부터 시작한다. 한 줄 와서 읽고 한 줄 와서 지운다. 한 줄 와서 지우고 한 줄 와서 쓴다. 누군가 네게로 와서 살았고 너 역시도 누군가에게로 가서 살았다. 나는 누군가의 몸이었던 적이 있다. 나는 누군가의 영혼이었던 적이 있다. 그런 생각을 하면 어느 밤 아무도 모르게 내리던 흰 눈의 마음을 이해할 수 있을 것도 같다. 잊고 있었던 전생을 이해하듯이 닫힌 입의 숨은 감정을 헤아려본다는 것. 그러니까 다시 어떤 고요함 속에서 시작한다. 너는 한밤중 문득 깨어나 곡예하는 사람을 떠올린다. 곡예하는 사람은 어떤 이미지로서 너를 사로잡는다. 한계 상황으로 너를 밀어 넣는다. 곡예는 지난한 침묵을 요구한다. 곡예는 지극한 집중을 요구한다. 그것은 한 사람이 한 사람으로 얼마나 온전히 남을 수 있느냐의 문제이다. 그러니까 그것은 세계와 세계의 싸움이다. 그러나 너는 세계라고 부를 만한 시간과 장소를 가지고 있지 않다. 너는 네가 있었고 네가 있어야만 하는 시간과 장소를 알지 못한다. 이미 너무 많은 것과 곳이 너와 너를 겹쳐 흐르고 있기 때문이다. 알지 못함과 알 수 없음 사이에서 누군가의 닫힌 입이 어딘가에 집을 짓는

다. 너는 어둡고 깊은 입의 동굴 속에 들어앉아 있다. 밖으로부터 새어 들어오는 희미한 빛에 겨우 의지해 굴의 벽면에 하나하나 선을 긋는다. 빗금은 하루하루 자신의 그림자를 늘려갔으므로 너는 늘어난 빗금의 자리만큼 사라져가는 시간의 속성을 즉각적으로 이해한다. 늘어나는 빗금의 길이만큼 너는 살아 있었던 날들의 감정을 이해하고자 한다. 곡예는 하루하루 이어지고 있다. 거듭되는 시간 속에서 삶은 곡예와도 같다는 누군가의 말을 너는 떠올린다. 어떤 고요함 속에서 곡예하는 사람을 위한 곡을 만드는 사람을 떠올리는 밤. 그러니까 제목은 언제나 하나의 미궁이고 하나의 심연이고 하나의 함정이다. 고요를 의식하는 순간만큼은 삶을 다시 시작할 수 있을 것만 같은 생각이 듭니다. 생김새는 같지만 성격은 다른 쌍둥이 자매의 밤과 낮처럼. 너는 쓴다. 피로와 열패감 속에서. 나는 읽는다. 절망과 비통함 속에서. 살지 않았던 날들을 세어보고 있자면 지금까지 살아 있었다는 사실이 하나의 신비로 다가옵니다. 그러니까 너는 아직도 여전히 어떤 고요함 속에서 곡예를 하고 있다고 했다. 어두운 굴. 어두운 굴의 벽면. 어두운 굴의 벽면의 빗금. 어두운 굴의 벽면의 빗금을 뒤덮는 빛의 일렁임. 어느 결엔가 네가 그어놓은 빗금도 하나둘 지워져가고 있었으므로. 이미 지나온 한 장면처럼 어느 날 문득 외부로부터 날아들어 창문을 깨뜨리는 돌멩이가 있었고. 너는 세계 속으로 이미 던졌으므로. 너는 세계 속으로 이미 던져졌으므로. 너는 유연한 포물선을 그리며 낙하하는 그 모든 사물의 감정을 헤아려보려는 네 자신을 이해하려고 한다. 너는 누군가의 닫힌 입 속에서 허공을 향해 영원처럼 날아가는 돌멩이 하나를 가져온다. 네 곁에 두려고. 네 것이 아닌 것처럼 들여다보려고. 결국 무엇이든 어딘가에 놓이게 된다는 것을 알게 되면 추락하는 것도 그리 두려운 일은 아닙니다. 들여다보고 들여다보면 돌멩이는 점점 커지다가 좋내는 줄어들고 줄어들었으므로. 너는 없는 돌멩이의 없는 소리에 귀를 기울인다. 그러니까 다시 어떤 고요함 속에서 곡예하는 사람을 위한 곡을 만드는 사람을 떠올리는 밤. 없는 돌멩이의 없는 소리에 귀를 기울이면 해변의 모래가 쓸려갔다 쓸려오는 소리가 들려오고. 아니요. 아니요. 그것은 해변의 모래 소리가 아니라 누군가가 거리 한가운데 서서 맨몸으로 비를 맞고 있는 소리입니다. 빗줄기는 스며들고. 빗줄기는 튕겨나고. 어떤 줄기찬 힘이 나를 씻길 수 있나요. 어떤 가없는 힘이 나를 움직일 수 있나요. 아니요. 아니요. 뒤집어쓴 것은 물줄기가 아니라 목소리입니다. 나는 나에게 말한다. 나는 너에게 말하듯 나에게 말한다. 중력을 벗어나는 어떤 움직임의 힘을 믿는다고. 가느다란 빗줄기에도. 흔들리면서. 흔들리면서. 너는 줄곧 말했기 때문에. 굴속에 앉아서. 낮고 길고 깊은 입의 굴속에 앉아서. 너는 어렴풋이 곡예에 어울리는 어떤 음조와 음보의 느낌을 가만히 떠올려본다.

발화 연습 문장
── 남방의 연습곡[*]

소리의 물질성을 느낀다.

쏟아지는 운석의 행렬. 응결되는 공기의 파열.

결정적인 사건 속에 있는 것처럼
혹은 다가올 얼굴의 전조라도 되는 것처럼.

밖 으 로 밖 으 로 나 가 듯
안 으 로 안 으 로 들어서는 음들.

흰 건 반 과 검 은 건 반 사 이 에 서.

문득 시작되고 돌연 끝나는
반복적인 두 드 림.

더듬어 가다 떨어지고 멈추었다 솟아오르는
수직과 수평의 교차.

자판 위로 포 복 해 들어오는 손가락들.

잠식하듯이 잠복해 있는 기억의 수군거림.

일렁임과 울렁임의 몸짓 속에서.

확신하기를 주저하듯 확산되기를 거부하는.

이제 막 과거가 되어가는 시간을
고스란히 보여주는 음들 위로.
어떤 걸음처럼. 참았던 숨 을.
일 순 간. 참았던. 숨 을.
한 번에. 몰아쉬듯이.
말. 과. 말. 의. 내. 뱉. 음.

오선지를 벗어난 음계들.
올림표를 매단 음들 곁으로 다시 내림표를 매단 음들이.
서로가 서로의 말 없는 요구가 되어.
정 중 한 목 례 를 나 누 며
마중과 배웅의 눈짓을 나누고 있었고.

말 과 말 이 겹쳐지듯이. 길 과 길 이 합쳐지듯이.
중첩된 화음의 비밀을 열어보듯 어제의 악보를 펼쳐
열면. 한 번도 본 적 없는 별 과 별 이
서로의 꼬리를 머리 삼아 길을 만들고 있었고.

별자리와 별자리가 나타났다 사라지는
계절의 순서를 우연의 인과로 받아들이듯.
흘러나오는 음과 음의 낙차와 간격 그대로.

살 아 남 은 말 들 을.
살 아 남 으 려 는 말 들 을.
어 딘 가 에 서 어 딘 가 로.
옮. 겨. 놓 는. 다.

*

그것을 구름이라고 부르는 것은 쉽습니다.
그것을 약속이라고 부르는 것은 쉽습니다.
그것을 죽음이라고 부르는 것은 쉽습니다.

남겨진 것 이후에도 하루하루의 볕은 어김없이 남김없이 어둠 속으로 새어 들어왔으므로. 사라진 자리만큼 비어 있는 공간 속으로 발을 디디면. 홀로 아침을 먹는 식탁과 목적 없이 걷는 골목과 기척 없이 뒤척이는 침실이 이어졌고. 진창. 소용돌이. 벌집 구조. 되돌아오며 점점 번지는 나선형의 목소리. 그래도 꽃은. 핍니다. 핍니다. 핍 니 다. 당신은 다시. 옵니다. 옵 니 다. 옵니다.

　펼 칠 수 있 는 것 은 날 개 가 아 니 라 네 자 신 의 꿈 이 다.

　연습곡이라고 하면 한 뼘의 자유가 느껴졌으므로
　뛰어들었다 흰 것에서 검 은 것 으 로.

　밤 없는 밤을 건너 다시 밤 없는 밤이 오듯이. 일요일 건너 다시 일요일이 왔고. 저마다 이마 위로 어떤 흰빛을 드리우고 있었으므로. 마음으로 정한 낱말의 오랜 구분법에 의해 물은 꿈에 속하는 것이어서. 가장자리부터 겹쳐 흐르며 사라지는 방식으로 그늘의 가장 안쪽 마음부터 가만히 펼쳐졌다.

그 사 람 은 그 사 람 이 아 닐 수 있 었 다.

인간적인 가장 인간적인 기계의 목소리.

이곳에 삶이 있다 말하지 마세요.
삶 은 어 디 에 나 있 고 어 디 에 도 없 으 니 까 요.

그러니까 사람들이 우는 것에는 다 이유가 있습니다.
끝 없 이 흘 러 내 리 는 시 간 때 문 만 은 아 니 죠.

종이 위에서야 숨을 쉬 어 볼 수 있 습 니 다.

숨을 쉴 수 있다면 셈을 셀 수도 있다.
샘솟는 물이 될 수도 있다.

너와 나는.
그렇지 않나요.

대답이 있을 때까지 거듭된다.
대답을 잊을 때까지 거듭난다.

그 사 람 은 보 다 더 좋 은 삶 을 살 수 도 있 었 다.

사과나무는 두 팔 벌려 서 있었기에
눈물을 닦아주려고 두 팔 벌려 기다리고 있었으므로
너는 멀리에서부터 미리 울 준비를 하면서 달려가고
있었고.

누구의 것도 아닌 불분명한 시점이 필요하고
번갈아 주고받을 수 있는 목소리가 필요하다.

연습곡은 뺨이 없고
연습곡은 귀가 없고 연습곡은 입이 없어
다만 끝없이 진행하고 진행할 시간만을 필요로 할 뿐
인데.

사람은. 미안함 때문에. 부끄러움 때문에.

죽 을 수 도 있 습 니 다. 죽 기 도 합 니 다.

같은 곳에서 자꾸만 틀리고
틀린 곳에서부터 다시 나아가는

틀리면서 나아가는 것은 마음만이 아니어서

연습곡의 마디마디를 열고
음표를 낭비하고 종이를 낭비하고 감정을 낭비하고.

너는너를있는그대로의너로느끼며보다더많이사랑하
고아낄수도있었다.

연습곡이 너를 만든다.
연습곡이 너를 끌어당긴다.

일곱 개의 음계를 대신하여 일곱 개의 계단을 오르내
리도록 합시다.

일곱 개의 계단에 하나하나 낱말들을 내려놓고 가만가만 발음해보도록 합시다.

첫번째 낱말은 멀리서부터 울 준비를 하고 있었으므로 울지 않는 아름다움이 자음과 모음을 대신했고. 두번째 혹은 세번째 낱말은 끝없이 흘러내리는 시간을 건너온 뒤였으므로 무엇이든 될 수 있는 가능성이 되어 옛날에 흘렸던 눈물의 자리로 거슬러 올라갔고. 낱말과 낱말은 보이는 동시에 보이지 않는 막으로 뒤덮이길 원했으므로. 너는 보이지 않는 빛을 상상하는 누군가를 상상하듯 언젠가의 너를 다시 바라보기 시작했고.

허공이거나 허방이거나
짚을 수 없이 아득한 것은 마찬가지였으나

돌고 돌아 흰 것과 검은 것에 닿고 닿은 것은
손가락의 의미가 아니라 무언가 가리키려는 손가락의 의지였으므로 하얀 주머니와 하얀 주머니 중에서 하나를 선택한다.

하얀 주머니를 선택하면 남겨진 하얀 주머니를 분명하게 상상할 수 있습니다.

각각의 주머니에 몇 개의 빛나는 구슬을 채워 넣을 수도 있습니다.

연습곡은 끝을 향해 나아가고 있었으므로
끝이 난 후에도 끝이 나고 있었으므로

곁 에 누 구 도 없 는 사 람 은 자 기 자 신 과 대 화 하 시 오.

어제와 후회와 흩어진 손과 맴도는 눈 사이의 높낮이를 더는 구분하지 않기로 했으므로. 너는 새로운 종이 한 장을 꺼내 반으로 접었다. 이것은 두 개의 면으로 다시 쓰는 마음의 음보이다. 굴절된 시간을 통과한 빛과 어두움에 관한 것이다. 잃어버리고 잊어버리고 더럽혀지고 덧입혀졌는데도. 흔들리면서 흔들리면서 다시 일어서고 있는. 이면의 마음에 관한 것이다.

도착했는데도 다시 도착하고 있는 사람처럼

옛날의 빛이 도착하고 있다.
아직까지도 오고 있다.
그곳에서 이곳으로.

지금 막 도착한 것은
더욱 옛날의 빛이었으므로.

마지막 낱말은 첫번째 음계에 놓인 낱말과 이름이 같
았고
올라가는 중이었는지 내려가는 중이었는지 알 수 없
도록
처음의 구슬을 마지막 계단에 놓아두는 것으로 결말을
열어두기로 한다.

죽 으 려 고 하면서 사 는 마음을 걸어간다 걸 어 간 다.

* 존 케이지John cage의 작품집 『Etudes Australes』(1975). 남반구 별자리 지도를 기준으로 음을 배열하여 작곡한 피아노 곡 모음이어서 남방의 연습곡이라고 불림.

발화 연습 문장
── 모두 울고 있는 것 같았다

뜰채를 들고 서 있는 사람을 보았다.
쓸쓸해 보였는데 뜰채를 들고 서 있었다.

쓸쓸하게 서서 무엇을 뜨려는 걸까.

쓸쓸한 뜰채 쓸쓸한 뜰채
쓸쓸한 뜰채 쓸쓸한 뜰채

(최대한 쓸쓸한 뜰채처럼 발음할 것.)

머리 위에서는 까마귀가 울고 있었다.
울면서 울면서 멀어지고 있었다.

어떤 슬픈 일이 있어 울고 있는 걸까.
오래전 일이 생각나 마음이 좀 울적해진 걸까.

멀어지는 까마귀 멀어지는 까마귀
가까워지는 까마귀 가까워지는 까마귀

(최대한 가까워지는 까마귀처럼 발음할 것.)

까마귀가 사라진 하늘 저쪽에는 구름이 모여 있었다.
뜰채를 들고 서 있는 사람을 가만히 내려다보고 있었다.

바라보는 구름 모임 바라보는 구름 모임
손 흔들며 손 흔들며 바라보는 구름 모임

사람 하나가 하늘 저쪽 구름 모임을 보고 있었다.
뜰채를 들고 서 있었는데 왠지 좀 쓸쓸해 보였다.

구름 너머 쓸쓸한 뜰채 구름 너머 쓸쓸한 뜰채

뜰채 구름은 형이상학적 솜털로 뒤덮여 있었다.
   외로운 비행접시를 타고 하늘로 하늘로 올라가고 있
었다.

흐느끼는 비단류 흐느끼는 비단류
비단길도 아닌 비단의 흐름도 아닌

(최대한 흐느끼는 비단류처럼 발음할 것.)

흐느끼는 것은 내가 아닌데
내가 흐느끼고 있는 것만 같았다.

속으로 속으로 모두 조금씩 울고 있는 것 같았다.

발화 연습 문장
— 외톨이 숲을 걸어가는 이웃 새

나무는 앞에 있고 걸어간다 외톨이 새. 숲을. 뒤돌아보지 않고. 다만 숲을. 걸어간다 외톨이 새. 이웃 새는 이웃이 없고. 이웃 새는 탐하지 않고. 이웃 새는 나무 사이를 바라본다. 이웃 새는 구름 바지를 입고. 이웃 새는 푸름 모자를 쓰고. 이웃 새는 나무 사이를 건너간다. 이웃 새는 잠깐 멈추는 기쁨이 있어. 이웃 새는 다시 나무 사이를 바라보고. 이웃 새는 누구도 가리키지 않고. 이웃 새는 무엇도 바라지 않고. 이웃 새는 지금으로부터 멀리 달아나는 말이고. 이웃 새는 멀리 달아나면서 다시 내려앉는 말이고. 이웃 새는 다만 걸어가는 외톨이 새이고. 외톨이 새는 구름 바지를 입고. 외톨이 새는 푸름 모자를 쓰고. 이웃 새는 움직이고. 이웃 새는 지나가고. 각진 것이라면 보듬어주고 풀어줍니다. 벗어난 것이라면 돌려주거나 옮겨줍니다. 벽이라고 부르는 통로를 향해. 막이라고 부르는 복도를 건너. 숨이라고 부르는 바닥을 딛고. 병이라고 부르는 마음을 다해. 나무는 앞에 있고 걸어간다 외톨이 새. 이웃 새는 되돌아오지 않으며. 이웃 새는 멈추지 않으며. 나무는 앞에 있고. 걸어간다 외톨이 새. 다시 만질 수 없는 온기가 있고. 어떤 말로도 전할 수 없는 안부가 있고.

흐릿한 예감으로만 전해지는 슬픔이 있어. 나무는 앞에 있고 걸어간다 외톨이 새. 숲을. 뒤돌아보지 않고. 다만 숲을. 걸어간다 외톨이 새. 나무와 나무 사이에서. 이름을 갖지 않은 것과 이름을 갖지 못한 것 사이에서. 이웃 새는 듣지 않으면서 듣고. 이웃 새는 보지 않으면서 보고. 나무는 죽지 않아서 웃고 있고. 숨결은 죽지 않아서 불어오고. 구름 바지 이웃 새는 푸름 모자 외톨이 새. 푸름 모자 이웃 새는 구름 바지 외톨이 새. 이웃 새는 외톨이 새와 대화한다. 실눈을 뜨고. 실눈을 뜨고. 웃는 듯이. 웃는 듯이. 자기 자신과 함께. 자기 자신의 이웃이 되어. 나무는 앞에 있고 걸어간다 외톨이 새. 숲을. 뒤돌아보지 않고. 다만 숲을. 걸어간다 외톨이 새.

발화 연습 문장
—— 이미 찢겼지만 다시 찢겨야만 한다

마주 보며 되비추는 두 개의 거울로부터 시작할 수 있다. 죽을 때까지 알지 못하는 누군가의 사랑이 있다. 어제와 오늘과 내일이 비선형적으로 흐르는 곳에서. 점층법이 더는 어울리지 않는 장소에서. 이미 찢겼지만 다시 찢겨야만 하는 표면이 있다. 영원히 오지 않을 미래처럼 어떤 심층이 도착하고 있다. 구체성이 결여된 장소에서 구체성이 결여된 풍경을 떠올린다. 살아야만 했는데 살아야만 했는데 오래도록 살지 않았다는 생각이 문득문득 끼어든다. 십구 페이지 이십 페이지 찢었다. 중복된 문장과 반복된 약속과 수정된 광기와 망각된 용기와 드물게 피어오르기도 했던 온건한 사랑이 뒤섞인 목소리 속에서. 더듬어서 다시 말해볼 수 있다. 사십삼 페이지 사십사 페이지 찢었다. 누군가의 그림자가 되어보겠다는 말이 있다. 나를 생각하는 나를 생각하며 다시 찢었다. 이미 찢겼지만 다시 찢겨야만 하는 이후의 삶이 있다. 마음과 마음을 구분하지 않는 마음속에서. 물과 불을 동시에 만지는 손가락 곁에서. 껍질과 덮개를 하나의 용도로 쓰는 사람 앞에서. 종소리가 바람의 움직임을 알리고 있는 어두운 한낮이 있었다. 축하 카드는 텅 비어 있었다. 보이지 않는 글자를 아무도 모르는 발음으로 읽어 내려갔다. 더는 연락하지 않는 사람의 생일을 여전히 기억하고 있는 것처럼. 도형의 비밀은 찢어진 페이지 한편에 적혀 있었다. 선과 선 면과 면 각과 각은 서로를 필요로 한다고 했다. 더는 만질 수 없는 도형 하나가 오래된 내 고통과 슬픔과 악몽과 빈곤을 가져갔다고 믿었다. 바라보지 않는데도 얼굴을 물들이는 희미한 빛이 있었다. 너무 오래 낭비한 아름다움이 바닥으로 스며들고 있었다. 말할 수 있는 것을 말하고 너는 백지가 되어가고 있었다. 잊고 있었던 얼굴을 다시 기억해낼 때까지. 뒤늦게 알게 되는 사랑 때문에 문득 울게 될 때까지. 이미 찢겼지만 다시 찢겨야만 하는 표정이 있었다.

발화 연습 문장
── 떠나온 장소에서

    나는 이 슬픔이 머물러 있다고 생각하지 않습니다. 이 언덕이 머물러 있지 않은 것과 같은 이유입니다. 이 언덕이 머물러 있지 않으므로 내가 바라보는 이 하늘도 이 나무도 이 바람도 이 돌멩이도 머물러 있지 않습니다. 머물러 있지 않음. 물으려 하지 않음. 묻으려 하지 않음. 말하려 하지 않음. 오래전 나는 이곳을 우연히 여행하게 되었고 이후로 오래도록 내가 다시 돌아가야 할 곳이라고 느꼈습니다. 생활을 완전히 바꾸기 위해서는 그곳으로 가야만 한다고. 그곳에 감으로써 나의 삶 전체가 완전히 바뀔 것이라고. 나의 삶은 이런 생각과 함께 조금씩 바뀌기 시작했고 마침내 이 언덕으로 돌아왔을 때에는 그곳에서 이미 오래도록 이곳의 낮과 밤을 살아왔으므로 나는 내가 떠나온 장소가 어디인지 알 수 없게 되었습니다. 머물지 않는 돌 위로 머물러 있는 시선이 있습니다. 그것은 나의 시선도 당신의 시선도 아닙니다. 그것은 누구의 시선도 아닙니다. 돌멩이를 바라보는 돌멩이. 모퉁이를 바라보는 모퉁이. 돌. 작은. 돌. 작은. 돌. 동물의 뼛조각과도 같은. 작은 돌이 여러 개 있습니다. 머물러 있지 않는 여러 개의 이름과 머물러 있지 않은 여러 개의 인칭이 있습니다. 나는 이 언덕에 여러 개의 얼굴을 심었고 피웠고 지웠습니다. 표정은 어느 순간 문득 드러나는 것이기 이전에 기나긴 시간을 두고 세심히 각인되어온 무엇입니다. 구멍을 내듯이 파내는 것. 조각을 하듯이 뾰족한 것으로 긁어내는 것. 그것은 글쓰기의 영역에 가까운 것입니다. 오래도록 참았던 숨을 토해내듯이 어떤 말들은 한 달음에 새겨집니다. 하나의 심장이 헤아릴 수 없는 슬픔을 품기 위해선 한 생애 내내 열망해왔던 것이 실은 채울 수 없는 제 자신의 결핍이었음을 깨닫는 시간을 거쳐야 합니다. 마땅히 주어져야만 했던 관심과 애정 앞에 간신히 주어지는 그 모든 미숙한 사랑들. 사람에게서 사람의 표정을 빼앗는 그 모든 말과 침묵들. 새로운 시간과 장소를 찾아 헤맬 수밖에 없게 하는 나날들이 있습니다. 지우려고 했기에 지워지지 않는 얼굴이 있었고. 지워지지 않길 바랐기에 지워져버린 얼굴이 있었고. 나는 자주 읽고 자주 쓰고 자주 그리고 자주 내려놓습니다. 그러나 하나의 진실을 아니 자기 자신만의 진실을 찾고 간직하는 일은 점점 더 요원한 일이라 여겨집니다. 매일매일의 창에 매일매일의 풍경이 매일매일 다르게 다가왔다 물러가기를 반복합니다. 나는 그것을 쓰고 쓰고 씁니다. 나는 그것을 지우고 지우고 지웁니다. 그것이 내가 말하는 방식입니다. 때로는 집요한 사냥꾼이며 때로는 선별하고 선택하는 자이며 때로는 감탄하고 찬탄하는 사람이며 때로는 기도하기 위해 엎드리는 사람이며 때로는 후회와 반성으로 몸부림치는 사람이 있습니다. 나는 여기에서 살았고 여기에서 죽었습니다. 바라던 대로 나는 이곳에 아무런 흔적도 남기지 않았으며. 오직. 머물지 않는. 작은 돌이. 작은 돌이. 작은 돌이. 때로는. 하늘로부터 내려오는. 작은 달이. 작은 달이. 작은 달이. 서로가 서로를. 되비추고 있는. 어떤 풍경들이. 오래도록. 꿈꾸어왔던. 희미한. 소망처럼. 누군가의. 창 앞으로. 다가왔다. 사라지는. 것을. 발견하는. 것은. 그리. 어려운. 일이. 아닙니다. 어찌하여 사람을 떠나오게 된 것인지는 알 수 없습니다. 어찌하여 이 모든 풀과 돌과 나무와 바람에서 떠나온 사람의 얼굴을 읽게 되는 것인지도 알 수 없습니다. 모든 것은 모든 것 속에 모든 것을 품고 있습니다. 결국 변하지 않는 것은 언덕 저 너머에서 불어오면서 흩어지고 있는 어떤 목소리뿐인지도 모른다고 나는 느낍니다. 나는 하나의 정신을 말아 쥐듯 휘어지고 있는 나무의 가지를 만집니다. 나는 보이지 않는 한 그루의 나무와 함께 매일매일 이 아침의 언덕 위에 서 있습니다. 이제 내가 떠나온 장소가 이곳인지 그곳인지 나는 알지 못합니다. 내뱉지 않은 말은 여기까지입니다. 그 이상은 불필요하다고 생각됩니다. 말의 자리에는 늘 선행된 말과는 다른 무엇이 끼어들기 때문입니다. 내가 떠나온 장소에도 이미 말하지 않은 말들이 고여서 흐르고 있습니다. 그곳에서 이곳으로. 이곳에서 그곳으로. 머물지 않는 공기가 이곳까지 따라와 소리 내지 않은 말들을 계속해서 덧붙이고 있는 까닭입니다. 당신도 돌의 얼굴을 볼 수 있는지 궁금합니다. 돌의 주름을 발견하기만 한다면 돌의 표정을 알아차리는 것은 순식간의 일입니다. 그것이 당신에게 때로 부드러운 미소로 비치기를 바랍니다. 우는 얼굴이라면 우는 얼굴 그대로도 좋다고 생각합니다. 나는 이 슬픔이 머물러 있다고 생각하지 않습니다. 이 언덕을 떠나지 않는 목소리의 말 없음과 같은 이유입니다.

발화 연습 문장

—석양이 지는 쪽으로

도착하기도 전에 도착해 있는 말들을 받아쓴다. 그것에 관해 말하지 않기 위해 쓴다. 그것에 관해 말할 수 없으므로 쓴다. 그러나 이미 말들은 도처에 있었고. 누군가가 내뱉은 말이 나의 입술을 빌려 세상으로 흘러나왔고. 언젠가 내가 했던 말이 누군가의 목소리를 덧입은 채로 흩어지고 있었으므로, ……너는 한 남자와 한 여자에 대해 말한다. 그들은 그저 석양이 있는 쪽으로, 석양을 볼 수 있는 시간에, 기어이 가 닿기 위해 차를 몰았다. 너는 조금씩 조금씩 차의 속력을 높이고 있었다. 한 남자와 한 여자의 마지막 여정을 재연이라도 하듯이. 눈앞으로 해변이 다가오고 있었다. 해변은 우리에게 하나의 은유로 작동하고 있었다. 무언가가 지속되기 위해서 끝없이 펼쳐져야 하는 그 무엇으로. 말할 수 없는 것을 쓰라는, 말할 수밖에 없는 것을 쓰라는, 저물어가며 번지는 빛의 계시 속에서. 여자는 이른 아침 눈을 뜨자마자 자리 그대로 엎드린 채 십여 페이지 넘게 쉬지 않고 써 내려갔다. 질 좋은 만년필이 다른 세계로 데려다줄지도 모른다고 생각하면서, ……나는 말에 갇힌 사람을 연기하는 운전자의 동승자에 불과할 뿐인지도 모른다. 석양은 타오르듯 넓게 번지고 있었다. 해변은 서로의 두 눈 속에서 붉게 차오르고 있었다. 그때. 차 안 가득 어떤 음악이 울려 퍼지기 시작했고. 그 음악은 오래전의 한 순간을 지금 이곳으로 곧장 데려왔고. 그것은 살아 있는 내내 아프게 따라다니게 되리라 예감하게 되는 그런 순간들 중의 하나였고. 잊을 수 없는 절정의 아름다움 혹은 전 생애를 다해 건너온 슬픔을 나눠 가진 사람들이 그러하듯. 서로가 서로로부터 멀어져 각자의 길을 걷게 된다 하더라도. 서로가 서로 속에서 잊을 수 없는 한 부분으로 살아가게 되리라는 뼈아프고도 애틋한 감정을 되새기게 했으므로, ……그러니까 결국 그들은 가장 기본적인 말조차도 서로에게 전할 수가 없었던 거지. 한 남자와 한 여자는 이국의 언어를 쓰는 타국의 사람들에 불과했고. 가장 기본적인 말조차도……, 너는 반복했고. 그럼 그 모든 말 없는 것들은 어떻게 사랑을 나눌 수 있다는 건지. 그토록 깊은 사랑은 언어 없이 오는 것이라 여겼으므로. 여자는 자신이 쓴 문장들을 숨겼고. 언어란 찢어지고 부서지는 그 무 엇 일 뿐 으 로……, 남자는 말을 하면서도 말을 잊어버린 사람처럼 말을 멈추고 또 멈추었고. 자신들을 덮쳐오는 음악의, 그 말 없음, 속으로 빠져 들어갔다. 말 없음……, 말할 수 없음……, 몸과 마음의 어떤 고통들에 대해서……, 어떤 고통들은 말 없음 속에서야, 말 없음 속에서만이, 점점 더 깊고 점점 더 단단해진다는 것을, ……그렇게 어느 날 문득 사람들은 저마다의 우묵한 물그릇 하나를 갖게 된다. 그것은 찾아 나서는 것이 아니라 찾아지는 것으로, 찾아지는 것이 아니라 찾아오는 것으로, 찾아오는 것이 아니라 찾아드는 것으로. 물론 삶의 순간순간을 무의식적인 차원에서조차 세심한 주의를 기울여 바라보는 훈련을 거듭해왔음은 말할 것도 없거니와. 그 물그릇 속에 눈물을 떨어뜨릴 수도 있을 테고. 그 물그릇을 앞에 두고 정화수를 올리듯 기도와 경배를 드릴 수도 있을 테고, ……한 남자와 한 여자는 석양이 지는 쪽으로 달리고 달리고 있었다. 우리가 알고 있거나 알지 못하는 이야기의 결말 속으로 빠르게 숨어들듯이. 눈앞에서 스러지고 스러지는 것은 석양이 아니라는 듯이. 석양이 지는 쪽으로, 석양이 지는 쪽으로. 차 안 가득 울려퍼지고 있는 한 목소리의, 그 텅 빔 혹은 가득 참 속에서. 제가 만들어낸 그림자 속에서 다른 누군가의 주저앉음을 바라보면서,

발화 연습 문장
—몰의 말

 몰은 뒤돌아 서 있었다. 앞이 없다는 듯 서 있었다. 이곳에는 너와 나를 지탱할 만한 것들이 무수히 쌓여 있다. 복도와 복도를 지나면서 몰은 말했다. 물건들은 쌓이고 있었다. 흐르고 있었다. 도착하는 즉시 사라지는 것의 상징으로서 거기 그곳에 멈춰 있으면서 움직이고 있었다. 무언가 특별한 것을 기대했다면 미안한 일이지만 발견이란 실은 늘 보아왔던 것에서부터 시작되는 것이거든. 몰은 오래도록 눈멀었던 날들에 대해서 이야기했다. 물건은 차오르고 있었다. 타오르고 있는 건지도 몰랐다. 물건을 바꾸듯 기분이라는 것도 언제든 바꿀 수 있는 것이다. 뒤바뀐 운명을 다시 뒤바꾸려는 의지 속에서 하루하루 고투의 나날을 보내고 있는 연속극의 주인공처럼. 몰은 점점 불어나고 있었다. 몰은 점점 다양해지고 있었다. 순간이나마 불쾌함을 거둬들일 수 있다면 내 몫은 다 한 거겠지만. 몰은 앞이 보이지 않는다는 듯 자라나고 있었다. 몰에게 있어서 말은 앞이 없어도 되는 뒷면처럼 조용히 펼쳐졌으므로. 몰은 더 이상 소리 내 말하지 않았다. 나아가고 나아가는 한여름 담벼락의 덩굴손처럼. 자라나는 의지 그 자체를 자신의 말로 삼았으므로. 물건과 물건이 말과 말의 자리를 대신하여 흐르고 있었다.

발화 연습 문장
— 황금빛 머리로 숨어 다녔다

황금빛으로 머리를 물들이고 숨어 다녔다. 숨어 다녔기 때문인지 꿈속인데도 가슴이 아팠다. 언제나 마음속에서 메아리치는 것은 울고 싶게 아름다운 아베마리아 아베마리아. 천상의 소리가 온몸을 감싸고 있는데도 어쩐 일인지 숨어 다녔다. 머리카락은 자꾸만 자꾸만 자라나고 있었다. 꿈속이어서 더욱더 빠르게 자라나고 있는 것 같았다. 내가 내가 아닌 것처럼 말하며 숨어 다니느라 지쳤으므로. 사물의 이름을 하나하나 따로따로 발음할 힘이 없었다. 멀어지려 했던 것이 잎이었는지 물이었는지 알 수 없어서. 잎 물 잎 물 빗금 두 줄 치고 물 잎 물 잎. 물이었다면 흐르는 표면에 진동이 있었겠지만. 잎이었다면 파열하는 입술의 나부낌이 있었겠지만. 잎도 물도 보이지 않았고. 고요 속에서 자라나는 둥근 원이 눈앞으로 걸어오고 있었다. 물 잎 물 잎. 중얼거리며 걷는 걸음 곁으로. 풀 잎 풀 잎. 녹색의 풀잎이 다가왔다. 풀 잎 풀 잎. 풀잎은 자신의 이름이 풀잎이라고 말했다. 이미 알고 있는 이름인데도 이미 알고 있는 이름 이상으로 이상하고 아름다웠다. 금발과 녹색은 친하게 지낼 수 있는 색깔인가요. 풀잎은 가만히 물었고. 나는 발이 없는 풀잎을 한 손에 조심조심 쥐고 둥근 원 속으로 걸어 들어갔다. 둥근 원은 닫힌 형태였으므로. 중심을 향해 중심을 향해 금빛이 가득가득 모이고 있었다. 발각되기 쉽게. 발각되기 쉽게. 찾아달라는 듯이. 찾아달라는 듯이. 황금빛은 누구의 눈에든 쉽게 띄는 색깔이니까요. 녹색 풀잎은 금빛인 무언가를 찾아내는 것은 눈을 감고 밤길을 걷는 것보다 쉬운 일이라고 말했다. 자그마하게 웃어 보였으므로. 다정함이 깃들어 있었으므로. 마음이 풀어진 나는 잎물 잎물 빗금 두 줄 물잎 물잎 대신에 풀잎 풀잎이라고 입 모양으로 조용히 발음해보았다. 풀잎은 여전히 풀잎인 채로. 내 손바닥 위에 가만히 머무르면서. 말하지 않은 내 이름을 소중히 발음하고 또 발음하고 있었다. 밖은 없으니까요. 밖은 모르니까요. 둥근 원 밖 어딘가 멀리에 나의 영혼을 느끼고 있는 무언가가 있을지도 모른다고 생각했을 때. 풀 잎 풀 잎. 녹색의 풀잎은 어느새 사라지고 없었고. 황금빛은 고마운 색이구나. 황금빛은 따뜻한 색이구나. 자라나는 검은 머리로 둥근 원을 걸어 나왔고. 멀고 먼 영혼을 느끼는 이파리 몇 개가 바닥에 떨어져 있었고. 여름은 원래 여리고 여린 마음이었다고 해요. 어딘가 부끄러워하며 꿈속에서 풀잎이 내게 전해주었던 말이 문득 생각났고. 꿈 밖인데도 꿈속인 것처럼 가슴이 아렸다.

발화 연습 문장
— 우리 안에서 우리 없이

    우리 안에서 우리 없이 우리를 돌보는 날들이다. 우리는 우리로 존재하지 않으며 우리는 우리로 기능하지 않으며 우리는 우리를 구속하지 않는다. 말이 있어야 하는 자리에 말이 없었으므로 지나간 기억들은 하나둘 지워져 갔고. 알고 있었던 것이 더는 알고 있었던 것이 아니었으므로 써 내려가던 종이를 구겼다. 분절된 동작을 찬찬히 바라보듯 천천히 천천히 종이를 구기고 있으면 한겨울 눈밭을 걸어가는 누군가의 발소리가 들려왔고. 구겨진 글자와 글자 속에서. 얇아질 대로 얇아진 종이의 질감 위에서. 모르는 들판 속으로 더욱더 깊이 걸어 들어가는 우리가 있었고. 다른 누구로부터 멀리 있는 존재가 아닌. 그 자신으로부터 가장 멀리 있는 존재들로서. 우리가 우리를 떠나온 이유는 그곳에 우리가 있었기 때문이다. 식탁 위에는 몇 개의 사물이 놓여 있었다. 그것은 구슬 같았고 동전 같았고 모자 같았고 그릇 같았다. 그것은 바람이며 바닥이며 마주함이며 주저함이다. 사물은 움직입니다 움직여요. 위에서 아래로. 오른쪽에서 왼쪽으로. 무수한 방향에서 무수한 방향으로. 물은 쏟아지고 꽃잎은 떨어지고 내뱉은 말은 어딘가에 고여 웅덩이로 차오릅니다. 내뱉은 말과 말 속에서 말을 잃은 사람들이 익사하고 있습니다. 내가 내가 아닌 것처럼 느껴지는 이유는 내가 너인 것처럼 보이는 풍경을 마주하며 주저했기 때문이다. 식탁 위의 벽시계는 어김없이 시간의 걸음걸음을 알리고 있었다. 작은 나무 창문을 들락거리며 작은 나무 새가 규칙적인 울음을 들이쉬고 있었다. 단조로운 소리가 너와 나를 죽이고 있구나. 방의 구석진 자리로 가 몸을 누이면 내뱉지 못한 말들 속에서 파문과도 같은 소리가 밀려왔다. 어디선가 전류 흐르는 소리가 들리지 않습니까. 너는 아무런 소리도 들리지 않는다고 했다. 다른 누군가의 단정적인 말과 다른 누군가의 헛된 위로 속에서 우리와 우리는 우리 자신을 잃어가고 있었으므로. 우리를 떠나온 자들이 다시 우리를 이루고 있었으므로. 우리 안에서 우리 없이. 홀로 같이 같이 홀로 걷는 법을 배우고 있습니다. 이제 우리는 떠나온 곳으로 돌아가는 법을 모르고. 서로에게 이해받지 못함이 서로를 일으켜 세우고 있었으므로. 읽을 수 없는 고대어를 읽어 내려가듯. 각자의 손목 안쪽에 영원히 간직하고 싶은 낱말 하나를 새겨 넣듯이. 빛과 어둠의 조화로움으로. 물과 얼음의 유연한 표면으로. 우리 안에서 우리 없이 우리를 돌보는 날들이다.

발화 연습 문장
— 두번째 밤이 닫히기 전에

두번째 밤이 닫히기 전에 너는 너의 불안이다. 두번째 밤이 닫히기 전에 너는 너의 환영이다. 두번째 밤이 닫히기 전에 너는 너의 겹을 벗어야 한다. 두번째 밤이 닫히기 전에 너는 너의 인칭을 버려야 한다. 낮이 낮을 데려오듯이. 밤이 밤을 데려오듯이. 잊고 있었던 질문이 돌아오고 있었다. 잃어버렸던 마음이 서성이고 있었다. 한 사람이 한 사람으로 살아남는 일이 어찌하여 죽음을 무릅쓰는 일이 되어가는지 알 수 없습니다. 바다는 나무와 나무로 둘러싸여 있었다. 밤의 해안은 죽은 듯 잠들어 있었다. 달빛은 모두에게 공평하게 내려앉고 있었다. 가없는 너의 얼굴 위에도. 끝없는 모래 언덕 위에도. 낮 위로 낮이 물들듯이. 밤 위로 밤이 물들듯이. 밀려갔다 밀려오는 물결 너머로 모두가 이름 없이 하나로 뒤섞이고 있었다. 무한으로 나아가는 얼굴을 마지막으로 본 것은 언제였습니까. 정돈된 삶이 불안을 잠재웠으므로 하나하나 사물들을 다시 배열하기 시작했다. 오만함이란 낮은 자존을 드러내는 것과 다름없다는 것을 깨닫는 데 아주 오랜 세월이 걸렸습니다. 자기혐오로부터 멀어지기 위해서 너는 너 자신으로부터 거리를 두었다. 눈을 감았다 뜨면 한

낮의 햇빛이 엷은 무지갯빛 무늬를 만들어 어제의 허공 속으로 띄워놓았다. 부채꼴처럼 펼쳐지는 빛의 산란 속에서 또 다른 현실이 펼쳐지고 있었다. 내게 필요한 것은 우주에서 지구를 내려다보는 시선 같은 것이다. 신의 놀이판 위에서 움직이고 있었다는 것을 알게 되면 놀이판 위의 자신을 바라보는 놀이판 밖의 자신을 바라볼 수 있게 됩니다. 이제 필요한 것은 바라보고 있는 세계에 구체적인 세부를 그려 넣는 것이다. 헐벗은 마음이 헐벗은 마음을 불러들이듯이. 멍든 눈동자가 멍든 눈동자를 되비추듯이. 마음의 무게를 감당할 수 있는 자세를 갖고 싶습니다. 멀리서부터 들려오듯 마음속에서 진혼곡이 울려 퍼지고 있었다. 만지지 않아도 떨리고 떨어지는 사물들이 있었다. 허약한 마음이 불러내는 보이지 않는 몸짓이 있었다. 유령은 어떤 형상이 아니라 어떤 목소리로써 제 존재를 드러냅니다. 그것은 가장 두려운 모습으로 어둠 속에 서 있었다. 스스로가 무서워지기 시작하면 스스로를 믿지 못하게 됩니다. 스스로를 믿지 못하게 되면 스스로가 무서워집니다. 두번째 밤이 닫히기 전에 나는 나의 목소리를 되찾아야 한다. 두번째 밤이 닫히기 전에 나는 나의 그림자를 벗어야만 한다. 해안은 자꾸만 자꾸만 지워지고 있었다. 어둠 속에서 바람을 맞으며 나무와 나무가 서 있었다. 나무와 나무는 멀리서 보면 모두 하나로 보였다. 들리지 않는 장송 행진곡을 들으면서 하나하나 어딘가로 떠나가고 있었다.

목소리의 탄생

조재룡
(문학평론가)

이제니의 세번째 시집 『그리하여 흘려 쓴 것들』은 '다성多聲'의 목소리로 가득하다.

시에서 목소리는 무엇인가? 이와 같은 물음이 불가피해 보인다. 그것은 신체 기관에서 토해내는 굵거나 가는, 탁하거나 맑은 발성이나, 나이와 성별에 따라 달라지는 목소리를 의미하는 것은 아니다. 발화자와 수신자가 그들 관계나 감정의 상태에 따라서 서로 주고받으며 발생하는 목소리도 아니며, 연극배우가 행하는 낭독의 그것도, 계시나 깨달음의 그것도 아니다. 이제니는 낱말과 낱말, 문장과 문장의 화학반응이 일어나기를 기다린 다음에야 당도한 말을 듣고서, 목소리의 실현을 타진한다. 듣는 행위를 통해 포착한 목소리를 쓰기로 실현하려는 그의 진지한 시도는, 소리와 소리의, 낱말과 낱말의, 문장과 문장의 작동을 통해 표현되지 않았던 것들과 말해지지 않는 것을 백지 위에 담아내려는 실험의 성격을 갖는다. 그것은 낮은 목소리로 발현되기도 할 것이며, 더러 공허한 목소리처럼 희박하게 잦아들듯 드러나거나, 어쩌면 격양된 목소리처럼 솟구칠 수도 있다. 아니, 경우에 따라서 병적이거나 환각이나 환상, 꿈이나 광기의 그것이라고 해야 할지도 모른다. 그러나 이 목소리는 하나의 주제를 표현하는 데 소용되거나 깊은 곳에 어떤 뿌리를 내리고 있는 근원적이며 단일한 목소리는 아니다. 그것은 흘려 쓴 것, 그러니까 시인이 무언가를 겨우 포착하는 동시에, 명확하게 오롯이, 그것이 무엇을 의미하는지 알 수 없다고밖에는 말할 수 없는, 오로지 그와 같은 상태를 그대로 기록하려 할 때 비로소 탄생하는 목소리다. 목소리는 오히려 의미가 아니라 의미의 '여백'을 통해 드러나거나, 감感이나 촉觸을 축으로 삼아 흘러나오며, 미지와 타자를 발화하고, 개장開場하는 것으로 보인다.

돌보는 말과 돌아보는 말 사이에서
밀리는 마음과 밀어내는 마음 사이에서
　　　　　　　　　　　　　　　—「남겨진 것 이후에」 부분

목소리는 무언가를 분명하게 드러내는 행위를 주저하면서 써나갈 때 오히려 텍스트 위로 당도하는 무엇이다. 이제니의 시에서 구절과 구절, 낱말과 낱말의 간격이 깊어지고 또 넓어진 것은 목소리 때문이다. 행과 행은 익숙함 속으로 자연스럽게 미끄러지는 해석의 대상이 아니라, 자주 침묵으로 도약하며, 그곳에 머물게 되고, 의미의 분열 속에서 무언가를 만들어낸다. 말할 수 없는 것에 대한 사유가 시에서 천착하는 개념으로 자리 잡는 것은, 공백, 여백, 행간, 방점 등이 끊임없이 목소리의 자리를 만들어내기 때문이다. 이때 말과 말은 사이와 틈을 여는 동시에, 이 사이와 틈에서 "인간 저 너머의 음역으로 움직이고 움직이면서" 다시 전진한다.

지난한 날들의 어둠이
종이 위에 스며들도록
언어를 사용하고 있습니다

좀더 힘을 주어
누르고 눌러 부릅니다

무언가 남은 것이 있을까 하고
무언가 들린 것이 있을까 하고
———「작고 없는 것」 부분

"종이 위에 스며들도록/언어를 사용"한다는 것은 무엇인가? "좀더 힘을 주어/누르고 눌러" 백지 위에 '마침표'를 내려놓을 때, 주관성의 자리가 어떻게 시에서 타진되며, 나아가 이를 담아낼 목소리는 어떻게 생성되는가? 마침표는 통상, 문장의 마감을 예고하며, 의미의 종결과 단속을 결정한다. 이제니의 마침표는 그러나 이와 같은 논리적·문법적 질서에 머물지 않는다. 오히려 명확하고 논리적인 구문을 완성하는 대신, 모호하지만 특수한, 그러니까 중의성을 바탕으로 독서의 복수성을 추동하는 목소리, 한 행에 해석의 진의를 온전히 저당 잡히는 것이 아니라 '언술'의 차원에서 행해진 말의 움직임을 통해, 특수성의 세계를 열어주는 목소리를 발화한다.

　　오늘의 흙 위에 오늘의 몸이 썩어지고 있었다. 맺히고 떨어지다 다시 열리는. 나무로 돌아가듯 위로 위로 올라가는 마음이 있었다.

　　　　　　　　　　　　　　　　　　　—「열매의 마음」 부분

　　나는 일평생 제 뿌리를 보지 못하는 나무의 마음에 대해 생각했다. 그 눈과 그 귀와 그 입에 대해서. 알 수 없는 것들에 대해 생각하는 동안에도 나무는 자라고 있었다.

　　　　　　　　　　　　　　　　　　　—「나무 식별하기」 부분

"맺히고 떨어지다 다시 열리는."은 앞 문장에서 "씌어지고 있었"던 "몸"의 상태에 대한 부가적 설명일 수도 있으며, 뒤 문장 "나무"를 수식할 수도 있다. "그 눈과 그 귀와 그 입에 대해서."도 마찬가지다. 끝나지 않은 지점에서 '맺음'을 강행한 저 특이한 쓰임의 마침표가 없었더라면, 이와 같은 중의성은 발생하지 않았을 것이다. 마침표는 구두점 통상의 고정된 용법을 벗어버리고, 특수한 어법을 바탕으로, 말의 완급을 조절하거나 변형하는 중심이 되어, 작품 전반에서 되돌아오고 다시 나아가는 말의 운동을 관장한다. 구두점의 낯선 사용이 바로 이런 방식으로 시에서 주관성이 적재된 '강세'의 지점들을 만들어내는 것이다. 이렇게 마침표는 강제로 멈추어야 하는 지점을 매우 독특한 방식으로 고지하고 나아가 백지를 뚫고 호흡을 깊이 각인하는 동시에, 의미의 특수한 근사치를 빚어낸다. 의미는 여기서 단일성을 저버리며 시르죽는다. 마침표는 오로지 언술 전반에서 이와 같은 결속으로 조직된 문장들을 통해 나아가고 되돌아오고, 다시 나아가는 목소리를 실현하는 데 기여한다. 말의 운동은 바로 이런 것이며, 목소리는 바로 이와 같은 운동에서 흘러나온다. 통사의 통상적이고 기계적인 배치를 관장하는 구두점의 사용을 통해 결정되는 낭독의 자리가 아니라, 분열되고 교란되어, 새롭게 읽을

수 있는 '어투diction'를 촉발하는 고유한 목소리가 생
겨나는 것이다.

　　인간의 광적인 행동을 해학적으로 보여준 사례라고 생
　각합니다. 존재하는 것을 진정시키고 완화시키는 역할을
　한다. 자연스러움만을 간직한 채로 늙고 싶습니다. 상상
　속에서 재현되는 장면들을 과거라고 부릅니다. 깊이와 넓
　이를 제대로 감각하는 법을 교육받았습니다. 본질을 이해
　하는 것이 가장 중요합니다. 사람은 결국 자기 자신으로
　끝나기 때문입니다. 은밀한 약속이 은밀한 방식으로 유통
　되고 있습니다. 정확한 대안을 찾을 때 현실은 과거처럼
　생생해집니다. 빛과 그림자가 혼합된 백일몽의 연속이다.
　너는 죽은 나무 아래에서 잠들었고 향은 여전히 피어오르
　고 있었다. 떨어진 열매는 죽어 다시 새로운 열매로 열린
　다. 마지막 페이지에는 극락정토라고 적혀 있었다.
　　―「떨어진 열매는 죽어 다시 새로운 열매로 열리고」 부분

　시적 낱말은 별도로 존재하지 않는다. 시가 선호하
는 유별난 구문이나 관념도 없다. 시가 각별하게 아끼
고 특혜를 주는 감정이나 정서는 물론, 이를 보증해주
는 아름다운 문장도 별도로 존재하는 것은 아니다. 이
제니는 광고 문구나 안내 표지문, 뉴스에서 흘러나오
는 전문가의 견해처럼, 흔히 시적이라 할 수 없는 범박

한 낱말들이나 문장들, 그러니까 "실용적인 문장을 중간중간 덧붙"여, 시 전반의 술어로 삼거나, 존대의 어투를 사용해 운용하면서, "낯익은 경구처럼 맴도는 문장"과 "발음하기 곤란한 낱말 소리"를 서로 덧붙인다. 이렇게 시인은 낱말과 낱말, 문장과 문장의 충돌에서 발생하는 낯선 효과를 실험해나간다. 이는 "주제 의식을 흐릿하게" 만들고, 특정 낱말이나 낱말 자체의 권위를 약화시키고, 나아가 오로지 낱말들의 협업, 그러니까 낱말 자체가 아니라 낱말들의 관계 속에서 비로소 드러나는 "문자의 표정"을 관찰하고자 함이다. 이렇게 "문맥과 문맥 속에서만 흐르는 흐릿한 기운"의 목소리는 "이곳과 저곳을 엮어주는 매개물"을 통해서만 드러나며, "의미 없는 변주를 끝없이 반복"하면서 탄생한다(「조그만 미소와 함께 우리는 모두 죽을 것이다」).

　　이제 무엇이 오면 좋을까요. 물이 오면 좋겠어요. 말이 오면 좋겠어요. 말라가고 있었거든요. 물러나고 있었거든요.
　　　　　　　　　　　　　　　　　　　　　　　　——「흐른다」 부분

　　남겨진 것은 두 눈을 속이려고 주먹을 다시 쥐었습니다. 남겨진 것은 거울을 볼 수 있습니다. 남겨진 것은 되비추며 굴절되는 표면을 볼 수 있습니다. 남겨진 것은 슬픔을 적어 내려갈 수 있습니다. 남겨진 것은 들리지 않는 목소리를 받아 적을 수 있습니다. 남겨진 것은 슬픔이 무엇인지 붙박인 몸으로 알게 됩니다.

—「풀을 떠나며」 부분

사물의 이름을 하나하나 따로따로 발음할 힘이 없었다. 멀어지려 했던 것이 잎이었는지 물이었는지 알 수 없어서. 잎 물 잎 물 빗금 두 줄 치고 물 잎 물 잎. 물이었다면 흐르는 표면에 진동이 있었겠지만. 잎이었다면 파열하는 입술의 나부낌이 있었겠지만. 잎도 물도 보이지 않았고. 고요 속에서 자라나는 둥근 원이 눈앞으로 걸어오고 있었다. 물 잎 물 잎. 중얼거리며 걷는 걸음 곁으로. 풀 잎 풀 잎. 녹색의 풀잎이 다가왔다. 풀 잎 풀 잎. 풀잎은 자신의 이름이 풀잎이라고 말했다. 이미 알고 있는 이름인데도 이미 알고 있는 이름 이상으로 이상하고 아름다웠다.

—「발화 연습 문장—황금빛 머리로 숨어 다녔다」 부분

어떤 단어 하나, 문장 하나가 솟아난다. 처음 내려놓은 낱말 하나, 써 내려간 한 줄의 문장은 그 자체로 완결된 세계를 형성할 수 있다. 한번 발화된 것은 반드시 무언가를 촉발하기 때문이다. 하나의 낱말이나 문장 하나가 흘려보내며 개시하는 무언가가 생겨나기 시작한다. 낱말이나 문장은 완벽하다고 할 수 있는 최초의 자리에서 벗어나, 다른 낱말과 문장의 연쇄를 통해, 새로

조직되는 에너지에 제 모든 생명을 위탁한다. "무엇"에서 "물"로, "물"에서 "말"로, "말"에서 "말라가고"로, "말라가고"에서 "물러나고"로, '음소'의 유사성을 기반으로 삼아 이전하고 전이하며 이행이 이루어지는 동안, "좋을까요"에서 "좋겠어요"로, "좋겠어요"에서 "있었거든요"로 내닫는 다른 행렬이 생겨난다. '음소'의 유사성은 "열리고 열리는 여리고 어린 삶"(「빗나가고 빗나가는 빛나는 삶」)처럼, 단순한 음소의 반복을 말하는 것은 아니다. 꿈속의 화자는 자기가 본 "물"과 "잎"을 "발음할 힘이 없었"다. "물"과 "잎"이 반복을 통해 기존에 붙잡혀 있던 의미를 벗어버리고 "풀잎"으로 결합될 때, "이미 알고 있는 이름"의 낱말은 사물을 지칭하는 것이 아니라, "말이 끝나기도 전에 모양을 바꾸는 자음과 모음"처럼 "정지된 채로 정지되지 않는 움직이지 않는 움직임"을 통해 탄생하는 목소리의 동인이 된다(「어제와 같은 거짓말을 걸고」). 목소리는 이렇게 "미래 혹은 시도. 미레 혹은 도시. 미파와 시도 사이에서. 반음과 온음 사이"(「한 자락」)를 기록한다. 목소리는, 낱말과 낱말이 스파크를 일으키는 가운데, "희미한 것이 희미한 것 그대로 밝혀지기를 바라는 마음"을, 그 상태 그대로 실현하거나, "희미하게 사라지면서 드러나는 무엇"을 드러낼 유일한 방식이다(「나무 공에 의지하여」). "남겨진 것"이라는 관형어구 하나를 주어로 삼아 변주해 내는 목소리의 생성 과정도 매한가지다. 시에서 그 자체로 성립하는 낱말의 반복은 없다. 반복된 낱말이나 구절의 주변에 포진된 또 다른 낱말이나 구절이, 애초에 반복된 낱말이나 구절의 값을 매번 조절하고 결정하기 때문이다. 반복되었다고 해도 항시 같은 낱말이나 영구적으로 같은 구절은 존재할 수 없는 것이다. 다시 말해, 낱말의 향방을 조절하고 벡터를 결정하는 것은, 앞서 반복된 낱말이나 그 구절 주변의 또 다른 낱말들이나 구절들이다. "남겨진 것"은 따라서 고정되지 않는다. "남겨진 것"은 오히려 "남겨진 것" 주위의 낱말들로 자기 고유의 삶을 내달린다고 말해야 한다. "남겨진 것"은 반복되면서, 이렇게 복합적인 목소리를 흘려보낸다. 목소리는 이처럼 "줄글로 내달리지 않"으려는 의지의 소산이라고 할 수 있다. 목소리는 말과 말의 관계 속에서만, 그 운동에서만 빚어지며, 말과 말의 관계와 그 운동을 고스란히 드러내며 담아낸다.

말과 말이 겹쳐 흐른다. 목소리. 들려온다.
ㅡ「가장 나중의 목소리」 부분

음과 음이 몸과 몸으로 만나고 있다. 머릿속으로 공명하는 소리. 마음으로 마음으로만 우는 소리.
ㅡ「한 자락」 부분

누군가의 글씨 위에 겹쳐 쓰는 나의 글씨가 있었다.

　　　　　　　　　　　　　　　　　　　　──「고양이의 길」 부분

　목소리는 사물의 존재를 깊이 파고들거나 실체에 가 닿고자 하는 노력을 통해 실현되는 무엇이 아니다. 그 것은 오히려 "종이 위에 나무 공. 나무 공 위에 돌멩이. 나무 공에 의지하여", 서로가 맺는 말의 관계에 귀를 기 울여, 결국 "흐릿한 문장 하나를 나무 공 위에 얹어"두 는 일을 통해 목소리의 실현 가능성을 타진한다(「나무 공에 의지하여」). "끝없이 첨삭되고 수정되는 방식으로 끝끝내 유보되는 너의 문장"을 가지고 토해내는 목소 리, 그것은 겹의 목소리, 두 개의 목소리이며, 화자의 것 이 아니라, 주체의 것이다. 그것의 "말과 말이 겹쳐" 흐 르는 교체의 목소리, "한순간도 머무르지 않고 나아"가 는 목소리, "관계를 드러낼 모든 사건들에 개입"하는 목 소리, 울려내기 위해서는 "깊숙이 파고들어 갈 문장"을 필요로 하는 목소리다(「또 하나의 노래가 모래밭으로 떠 난다」). 공들인 배치, 의도된 반복, 신중히 선별된 어휘 의 조합들은, 의미 따로 형식 따로 서로 겉도는 것이 아 니라, 명백히 하나의 조직이 되어, 소리로 연결되고 울 림으로 화합하면서 당도하는 목소리, 터져 나오는 목소 리, 나 자신도 모르는 목소리, 말과 말이 부딪히며 빚어

내는 목소리를 불러내 시인은 이 목소리를 받아 적어나
간다.

꿈은 번지고 뒤늦은 자리는 허공을 향해 나아가고 있
었다. 마음을 따라 사방으로 나아갑시다. 마음의 목소리
를 따라 오늘을 놓아둡시다. 목소리는 몸이 없었다. 목소
리는 꿈이 없었다. 목소리는 다급하지 않았다. 목소리는
고요하지 않았다. 목소리는 다만 죽어가고 있었다. [……]
강은 여전히 울고 있었다. 강가를 따라 달리는 얼굴이 있
었다. 바지 속 빈 다리를 펄럭이며 얼굴 없는 얼굴이 달리
고 있었다. 거리를. 들판을. 어제를. 오늘을. 얼굴 없는 얼
굴이 기어가고 있었다. 한 마디 한 마디 겹치며 물러나는
마음이 있었다. 한 번도 살지 않았으니 이제부터 살아도
좋지 않을까요. 사라지는 꼬리 속에 있었다. 울지 않는 얼
굴들이 사라지는 꿈속이었다.
———「꿈과 꼬리」 부분

그냥 사람이라는 말. 그저 사랑이라는 말. 그러니 너는
마음 놓고 울어라. 그러니 너는 마음 놓고 네 자신으로 존
재하여라. 두드리면 비춰 볼 수 있는 물처럼. 물은 단단한
얼굴을 가지고 있어서. 남겨진 것 이후를 비추고 있었다.
———「남겨진 것 이후에」 부분

목소리는 고백의 문장을 덧대며, 어떤 고통이나 절망, 어둠 속에도 담긴다. 개인의 상처를, 비극에 대한 애도를 불러낸다. 그러나 그것은 오히려 말할 수 없음의 발화, 입 없는 말이다. 의미의 권위를 지워내고 그 자리를 박탈하면서, 다음으로 달려가는 말을 통해 타진될 뿐이다. "한 마디 한 마디 겹치며 물러나는 마음"처럼 결합하고 다시 달려가는 문장들, "그냥 사람이라는 말"과 "그저 사랑이라는 말"로 이어지는, 그러니까 오로지 다음 문장으로 이어지기 위한 또 다른 문장들이 이끌고 나가는, 바로 그러한 작동 속에서 빚어지는 목소리를 통해서 주체로 발현되는 고통과 절망과 어둠이 생겨난다. 이와 같은 방식으로 "호흡과 호흡 사이로 문득문득" 끼어드는 "슬픔"의 목소리가(「풀을 떠나며」), "미끄러지고 미끄러지는 믿기지 않는 삶"을 "울면서 노래하는 목소리"가(「빗나가고 빗나가는 빛나는 삶」), 환상이나 환청일 수도 있는 목소리가, "말하지 않으면서 말하는 목소리"가, "들리지 않으면서 들려오는 목소리"가 시집에서 탄생한다(「수풀 머리 목소리」). "그것은 울음 같기도 하고 물음 같기도"(「부드럽고 깨어나는 우리들의 순간」) 한 것을 표현해내는 목소리, "마음과 마음으로" 전이되는 감각의 목소리, "마음에 마음을 안착시키는 요소"(「꿈과 현실의 경계로부터 물러났고」)를 귀를 기울여 비끄러맬 때 흘러나오는 목소리, "두 번 다시 들리지 않는 목소리"(「노래하는 양으로」), 그러니까 개별화된 목소리, "낮잠에서 깨어나 문득 울음을 터뜨리는 유년의 얼굴"과 "마음과 물질 사이에서 서성이는 눈빛"이 보내는 목소리(「남겨진 이후에」), "끊임없이 쏟아지는 내면의 목소리"(「어제와 같은 거짓말을 걷고」)다. 이러한 목소리를 발화하는 것, 실천하는 것, 이 발화에서 빚어지는 사태로 이 세계의 침묵을 깨는 행위, 그것은 목소리를 파고들어 다시 목소리를 꺼내는 일이자, 아직 당도하지 않은 세계의 모든 목소리를 실현하려는 의지의 발현이다.

이제니의 시에서 제목은 목소리를 빚어낼 일종의 '모형matrix'이기도 하다. "있었던 것이 있었던 곳에는 있었던 것이 있었던 것처럼 있었다"(「있었던 것이 있었던 곳에는 있었던 것이 있었던 것처럼 있었고」)처럼, 첫 문장, 첫 낱말, 그러니까 제목에서 촉발되어, 마치 홀려 쓴 듯한, 흘려보낸 듯한 낱말들을 이후에 잇고 덧대고 변주하는 방식으로만 도모되는 발화의 실천은, 무언가를 종결하면서 마침표를 내려놓아 강조의 지점을 부여한 후, 마감을 완수하는 것이 아니라 쉼 없이 재개하는 열림을 향한다. 미세한 차이를 빚어내며 당도한 시의 마지막 지점을 우리는 운동의 종착점이자 운동이 다시 착수되는 반복이라고 부를 수 있겠다. 「우리는 밝게 움직인다」의 마지막 부분을 인용한다.

문장과 문장 사이의 휴지기 속에서 우리는 밝게 움직인다. 괄호와 괄호의 말들을 주고받으며 우리는 밝게 움직인다. 예측할 수 없는 내일의 날씨를 앞당겨 기록하며 우리는 밝게 움직인다. 우리 안에 우리가 없음을 숨기지 않으며 우리는 밝게 움직인다. 가로수와 맞닿은 가로등을 가로지르며 우리는 밝게 움직인다. 반복하려는 말을 고집스레 반복하며 우리는 밝게 움직인다. 곁눈으로 바라보는 겹눈. 겹눈으로 바라보는 곁눈. 창은 열려 있고 고개를 들면 날아가는 새 떼들. 거리를 걷다 문득 눈물을 쏟는 한낮이 있다. 오래오래 울고 일어나 어딘가로 휘적휘적 걸어가는 걸음이 있다. 꽃. 붉은. 향기. 흩날리며. 어둡고. 사이. 사이. 드나드는. 환하게. 빛. 움직임. 줄기. 몇. 고요하고. 정적. 휘돌아. 나가는. 나뭇잎. 모서리. 돌멩이. 부서진. 이미. 뒤늦은. 거리. 거리. 남겨진. 되찾을 수 없는. 너와. 나. 아닌. 것들의. 기억. 속으로. 휘어지는. 공기. 휘어. 지는. 공기. 휘. 어. 지. 는. 공. 기. 불안의 말들을 받아 적으며 우리는 밝게 움직인다. 행성의 폭발을 걱정하지 않으며 우리는 밝게 움직인다. 닿을 수 없는 언덕을 떠나며 우리는 밝게 움직인다. 펄럭이는 삼각형. 펄럭이는 삼각형. 멀리 신사 쪽에서 불길이 일렁인다. 밤하늘의 저쪽이 일순 환하다. 번지는 빛을 가득 받으며 우리는 밝게 움직인다. 기쁘게 사라지며 우리는 밝게 움직인다.

반복을 통해 문장의 관계 속에서 실현되는 목소리
는 "밝게 움직인다"의 변주를 통해 발화된다. 시는 의
미가 아니라 의미의 변주로 "휘적휘적 걸어가는 걸음"
을 실천한다. "내뱉는 말과 말 사이에 이상한 어울림"으
로 말을 "고집스레 반복"하면서, 분절의 목소리를 토해
내고 세계를 재편한다. 문장은 이미지를 형성하기 전에
어디론가 달아나버린다. 차라리 이미지는 문장에 붙들
린다. 이미지는 낱말이 쏘아 올리거나 낱말 사이에 거
주하는 것이다. 그러나 이미지는 어떤 방향에서건, 어떤
형태로건, 밝게 움직이며 깨어나고 재개하는 문장, 발화
와 동시에 행위를 일으키는 연속된 문장에 의해, 그러
니까 쉴 때 쉬고, 끊을 때 끊고, 전진하며, 의미의 질서
를 재편하면서 다시 또 전진하는 말의 변주 속에서, 구
심점을 갖지 못한다. 말이 이미지를 먹어버리거나, 아예
이미지의 구심점을 분산시킨다. "꽃. 붉은. 향기. 흩날
리며. 어둡고. 사이. 사이. 드나드는. 환하게. 빛. 움직임.
줄기. 몇. 고요하고. 정적. 휘돌아. 나가는. 나뭇잎. 모서
리. 돌멩이. 부서진. 이미. 뒤늦은. 거리. 거리. 남겨진.
되찾을 수 없는. 너와. 나. 아닌. 것들의. 기억. 속으로.
휘어지는. 공기. 휘어. 지는. 공기. 휘. 어. 지. 는. 공. 기."
처럼 마침표로 꾹꾹 눌러놓아 발생한 강세의 문장과 분
절된 호흡이 이미지를 말 위로 떠오르지 못하게 방해한
다. 말과 말 사이에서 형성되는 이미지 역시 구심점을

갖지 못하고 "괄호와 괄호의 말들"에 전적으로 위탁하며 흩어지고 만다. 이미지가 아니라 문장이 모든 것을 관장하고 모든 것을 빚어낸다. 발화와 동시에 행위가 일어나는 문장들의 발현, 발화된 것을 공고히 하는 것이 아니라, 발화의 과정을 빚어내는 말의 운동을 이제 니는 "발화 연습 문장"이라고 부른다.

너는 너라고 썼다가 지운다. 너는 나라고 썼다가 지운다. 인칭은 끝없이 나아간다. 일인칭에서 이인칭으로. 이인칭에서 삼인칭으로. 삼인칭에서 다시 일인칭으로. 너는 여러 겹을 가진 인칭 속으로 숨는다. 여러 겹의 목소리는 여러 겹으로 드러나게 된다는 것을 알면서도. 너는 어떤 주어 속에 숨는다. 너는 어떤 술어 속에 숨긴다. 숨기기 쉬운 방식으로 서술되는 것. 서술되는 양식 그대로 변모되는 것. 변모되는 형식 그대로 변주되는 것. 목소리는 전진한다. 목소리는 굴절된다. 내면에서 내면으로. 국면에서 국면으로.
　　　　—「발화 연습 문장—그리하여 흘려 쓴 것들」 부분

목소리는 추론과 감정의 경계를 허물어버리고, 문법적 조직과 가지런한 언표의 질서와 의미의 배열을 상실케 하고, 통사의 논리적이고 합리적인 뼈대를 흔들어놓는다. 말의 운동을 따라 함께 가는 시선과 목소리, 심지어 사유는 이러한 발화의 시적 질서 속에서 '다시' 고유한 의미의 단위를 발견해야 하며, 말의 논리적·문법적·합리적 배열은, 통사의 특수한 부림 속에서 재편되는 낱말들의 비밀스러운 결속과 고유한 문장으로 창출되는 목소리에 공고하고 단일한 해석의 권위를 전적으로 위임해야 할지도 모른다. "발화 연습 문장"은 어쩌면 비교적 단순해 보이는, 반복되는 문장을 써나가면서 변주로 말의 운동을 끌어내는 것 자체가, 하나의 세계를 바꾸면서 전진하는 행위일 수 있다는 사유를 실천하는 것이라고 할 수 있다. 그것이 비록 현실 속에서는 커다란 힘을 갖지도 못하고, 혹은 실재나 실체, 진리나 감정을 오롯이 드러내는 것이 아니라고 하더라도, 이어나가는 문장을 통해서 살아가는 삶, 살아남는 삶을 기록의 영역에서 실천하려는 의지의 발현을 이제니는 "발화 연습 문장"이라고 부른다. '너'와 '나' 사이의 이상한 전도 현상도 바로 이 발화 속에서 일어난다. 이는 대화 속에서 '나'는 '나'를 '나'라고 부르며 '너'를 '너'라고 부르지만, '너'가 대답을 할 때 그 위치가 바뀌어 '나'가 '너'가 되는 까닭이다. 이렇게 "인칭은 끝없이 나아"간다. 다성적 목소리는 바로 이렇게, 내면과 마음을 들여다보는 너와 나의 "여러 겹의 목소리"를 통해, 흘려 쓰듯 말을 늘어놓는 저 낱말들의 운동 속에서, 인칭 간의 전도 속에서 탄생한다. 의미나 감정, 내용과 실체보다는, 오

로지 나아가는 문장의 운동, 나아가려는 문장의 저 '의
지'가 "발화 연습 문장"을 통해 실현되며 우리를 어디
론가 데려가는 것이다.

살 아 남 은   말 들 을.

살 아 남 으 려 는 말 들 을.

어 딘 가 에 서 어 딘 가 로.

옮. 겨. 놓 는. 다.

　　　　　　─「발화 연습 문장─남방의 연습곡」 부분

　도착하기도 전에 도착해 있는 말들을 받아쓴다. 그것에
관해 말하지 않기 위해 쓴다. 그것에 관해 말할 수 없으므
로 쓴다. 그러나 이미 말들은 도처에 있었고. 누군가가 내
뱉은 말이 나의 입술을 빌려 세상으로 흘러나왔고. 언젠
가 내가 했던 말이 누군가의 목소리를 덧입은 채로 흩어
지고 있었으므로,

　　　　　　─「발화 연습 문장─석양이 지는 쪽으로」 부분

　목소리의 탄생은 형식 그 자체가 내용이며, 내용이
형식에 의해 제 수위를 조절한다는 사실을 전제한다.
"소리의 물질성"을 통해 세계와의 접촉면을 늘려나갈
때, 그렇게 내면에서 아우성치기 시작하며 쏟아져 내리
는 목소리를 우리는 '다성多聲'의 목소리라고 부를 수

있을 것이다. '다성'을 구체적으로 무언가를 지칭하거나 특정 범주를 설정하는 실사實辭로 받아들여서는 곤란하다. 수식어들을 최대로 많이 끌어모아야 할 정도로, 다성의 목소리는 다양하고 다채롭기 때문이다. 예컨대, 낮은 목소리, 높은 목소리, 잦아드는 목소리, 고조되는 목소리, 충만한 목소리, 공허한 목소리, 거침없는 목소리, 주저하는 목소리, 탄식하는 목소리, 냉정한 목소리, 지워내는 목소리, 채우는 목소리, 명멸하는 목소리, 살아나는 목소리처럼 말이다. 그러나 이제니 시의 목소리는 언술 속에서, 낱말과 낱말, 문장과 문장의 연쇄와 결합을 통해 빚어진 강도와 강세, 흐름과 운동에 따라, 그러니까 언어의 배치와 분배, 조직 전반에 따라, 우리가 가져다 붙일 수 있는 하나의 수식어, 아니, 그 가능성일 뿐이다. 다성의 목소리는 따라서 텍스트의 운동, 발화에 따라 이합하고 집산하는, 즉 "발화 연습 문장"의 결과로 당도한 목소리, 당도할 목소리, 그 결과, 손에 쥐게 될 최초이자 최후의 목소리를 부르는 명칭일 것이다. 따라서 목소리는 화자의 것이라기보다 차라리 주체의 것이다. 그것은 발화자의 소유물이 아니라, 발화 안에서, 발화에 의해, 생성되는 목소리이기 때문이다. 발화자는 자기 이야기를 풀어낸다. 그러나 발화는 하나의 인격이나 화자의 말을 그대로 담아내는 것을 목표로 삼지 않는다. "발화 연습 문장"의 목소리는, 기호가 아니라 문장,

그러니까 '씌어진 것'—'생산된 것ergon'이 아니라, '씌어진 것'—'생산하는 것energeia'의 작용 속에서 흘러나오는 목소리이기 때문이다. 문장을 들고서 길을 내고자 할 때 개별화된 목소리가 생성되며, 그러고자 하는 의지로 시인은 백지 위에서 말의 움직임을 쉴 새 없이 돋우고 있었을 따름이다. 개별화된 발화를 통해, 발화를 연습하는 문장에 의해, 의미가 형성되는 것이 아니라, 의미의 새로운 지평을 열어나가는 것이다. 우리 의식 안으로, 마음에 쉽게 포섭되지 않는 것을, 시는 이런 방식으로 포기하지 않는다. 시인은 이것은 저것이라는 식의 문법적 질서를 가로지르며, 말할 수 없다고 여겨진 것을 발화의 영역으로 끌고 오고, 도착하지 않은 것, 포착되지 않은 것을 사유하려고 이에 합당한 문장을 배치하고, 배치의 고유한 방식을 고안하려 실험을 한다. 어떤 마음도 어떤 감정도, 어떤 절망도 어떤 슬픔도, 어떤 비극도 어떤 애도도, 어떤 기억도, 과거도, 미래도, 현재조차도, 목소리 속에서, 목소리에 의해, 발화의 반열에 올라선다. 목소리는 붙잡아두려는 순간 이미 빠져나가며 움직이고 있는 낯선 언어 – 타자로 바로 실현되는 몸의 사건이자, 텍스트의 운동이라는 자격으로 세계에 등재하는 주체의 정념이다. ▨

해설 | 목소리의 탄생 189